可以燎原

惟得　著

目錄

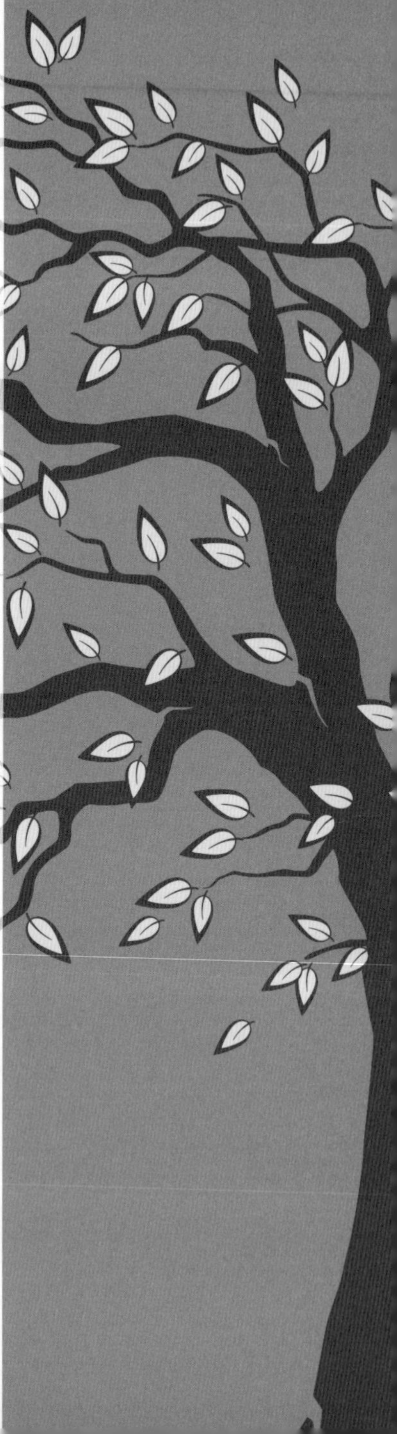

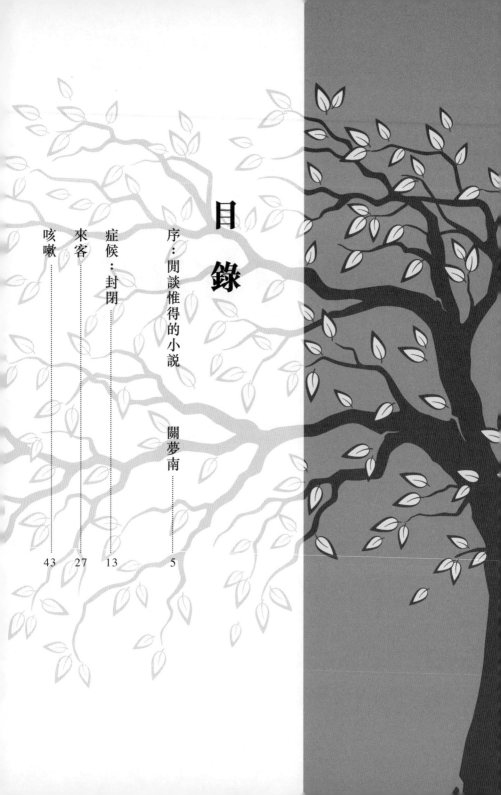

序：閒談惟得的小說

關夢南

作家移民海外，若想繼續以母語文學創作，基本難以持久：一來缺乏發表互動的平台，二來遠離熟悉的土地與人民。鄉愁也許是一條營養線，但始終漸醉漸淡，日久而至於無。但惟得似乎是一個例外。

惟得旅居加國溫哥華，一直沒有停過筆。我二〇一五年創辦《大頭菜文藝月刊》，惟得一直是投稿的常客，散文以外，最多的是小說，現在竟然出書了，我為他高興。集內十個作品，較長萬字或以上的，多發表於《大頭菜》，僅有三篇——〈來客〉、〈咳嗽〉和〈致歉辭〉，見刊於《星島日報》和《香港文學》。

就取材看，十個小說或可分成二組，一組以香港為書寫對象，如〈來客〉、

〈傭記〉、〈致歉辭〉和〈探病時間〉；另一組的故事以加國和海外為背景。但也有兩篇——〈古騰堡革命〉和〈因為沙的緣故〉，涉及兩地。但無論如何取材，惟得的故事總有兩個特色：戲劇性和細緻（部份誇張）的狀物寫貌。比如我最喜歡的〈傭記〉，就從平淡中讀出不少戲劇性的人物，他們好像或多或少，都帶有傳奇的故事。惟得故事的「戲劇性」不是「拍案驚奇」的那一種，而是挖掘尋常生活不尋常的點滴，並加以鋪陳。〈內線 101〉中的那個圖書館「怪客」，〈因為沙的緣故〉中的依智和雲妮莎，又或〈咳嗽〉中的他與咳嗽漢，無不令人讀後莞爾。狀物為貌，我想最見惟得文筆的造藝。他的筆就是畫筆，總能把所見化為圖畫。追求情節刺激的讀者，或者不喜歡惟得小說的慢筆，覺得他不是在寫小說，而是在寫散文。

你說得對，惟得的小說就是散文化：主幹以外另有橫生，而橫生細節，往往枝葉繁茂，令入細嚼回味。譬如〈內線 101〉，一而再參觀達里展覽並詳加點評；同樣「喧賓奪主」的演繹也見於〈致歉辭〉——描寫音樂表演及相關的話題，竟用逾千字；至於〈傭記〉不時談及粵劇傳統文化之興衰，及〈因為沙的緣故〉語及建築與公共空間的問題，親情愛情反而變成一個隱性的陪襯。於此，不能不說這是惟得小說的風格：小說夾雜散文，散文化的小說演繹，三四十年代的汪曾祺，師承沈從文最優而為之。惟得是否受其影響，不得而知。

散文化小說的特點是閒散，不講求伏線和佈局，更沒有意料之外的賣點。惟得的〈來客〉或是一例：描寫人和貓難以和諧相處：貓不請自來，屢趕不走。最後貓走了，我又若有所失。貓以外又詳談大廈管理之不善，引來昇降機劫案……通篇沒有高潮，但生活的原型——沉悶與平凡，不正正如此？如果不是貓的「到訪」，生活或更加乏善足陳；另一個短篇〈咳嗽〉，我看也是一節生活的剪裁：弱者面對強者，有理說不清，最後迴避和退縮，事件平淡地過去。碰到類似的題材，當然可以繪聲繪影，甚至炮製火爆的衝突。但惟得並不如此，他著眼的是淡化的，人與人相處的常態。

其實小說角色扮演，很多時帶有自傳的色彩。〈傭記〉中的「我」，固然

是個人情感及成長印記的投射；〈古騰堡革命〉中的小說作家及〈內線 101〉的圖書館工作人員，更是現實生活的書寫及延伸。至於多個小說借勢談畫、談音樂和電影，更見書寫者代入的現實角色。

〈可以燎原〉我猜想是作者最得意的作品，內容以文學創作為題，涉及三代的傳承與尋尋覓覓，最後挖出商業與文學的利益關係，不正是孤獨和寂寞寫作者的的某種反省？

是的，我也十分喜歡這個小說，尤其以一個近乎寓言的夢境起篇：

> 中年漢子開口說：「你可是真心幫助貧民？」她點頭稱是，中年漢子咄咄逼人地說：「如果你是真心，就喝下這碗水吧！」她退後兩步問：「你是在開玩笑嗎？」中年男子大為震怒，把水潑到地板上，疾言遽色地說：「我是繆斯化身，早知道你假仁假義，特來詛咒你的家族，世世代代與文字絕緣。」

曾經影響一代的兒童作家，最後為商業市場所棄。童年深受祖母童話影響的孫女，無意追尋揭露了真相，最後的結局恍似回應了「繆斯」的詛咒，但也隱喻了文學創作之推陳出新，看似無情卻又是前進的動力。

最後我留意到多篇小說中的倫理題材：〈致歉辭〉中描寫夫婦及婆媳關係、〈古騰堡革命〉呈現的兄弟姊妹倫常、〈因為沙的緣故〉、〈探病時間〉和〈傭記〉揭示兩代人如何相處：其間有激烈的決裂，亦有包容互諒，到最後匯成和諧的流水。如此倫理生活態度的外延，也見諸於〈內線 101〉和〈咳嗽〉兩篇刻畫人與人的交集，其間我讀到中國傳統精神之有序、中庸，也不時流露西方的個人價值觀。所謂「倫理」，今時今日年輕讀者早不以為然，亦有人讀來恐怕另有感受。

惟得寫作雖然資深，卻也不斷求變，如〈古騰堡革命〉穿插弟弟突然失蹤之魔幻寫實；「臉書」疏離跳躍之詩化敘事，及前述〈可以燎原〉穿插夢境，都在在說明了作者之求變。如果喜歡散文化小說，〈內線 101〉我想是一個典型的例子。

香港從事文學創作不易，海外堅持更難，他們喜愛文字遊戲以外，必然心中還有一點甚麼，令他們堅持寫下去！書出後大家不妨翻翻，或者可以從小說中找到「那點甚麼」的答案。

症候：封閉

事情是這樣的，一個下午，他在圖書館找到赫塞的《流浪者之歌》，當時他好驚喜，一直想看看赫塞遊罷印度的感受，卻老是找不到。他惟恐別人會從他手中把書奪去，連忙拿到管理員面前蓋印，然後踏著輕快的腳步走下樓梯。起初他緊握著手中的書，漸漸卻為自己的傻勁失笑，興奮之情也稍減。無論如何那只是一本書，就像圖書館其他的書一樣，他甚至後悔不借本比較厚的，算起來自己上上落落圖書館已不下百多次，每次帶著看完的書來還，又帶走新的，仍像一無所得。自己似乎為看書而看書，只讓知識像亂線似的塞在腦中，從不著意去整理，《流浪者之歌》勢必遭遇同樣的命運，真的要認真看看自己，他望向樓梯旁的玻璃，極目所視只是窗外的景物，自己的形象模糊一片，於是他想到要寫一篇文章。

回家的電車上遇見一位同事，看見他拿著書好羨慕，「你倒有這種閒心，」同事說：「我放工後只想攤屍在床。」「現在你又去會周公？」「不！會的是肥周，還有四眼張和李仔，他們等著我開枱。」「剛才你碰著我的書豈非不大吉利？」「無所謂！我百無禁忌！」未說完先笑，對自己的牌技滿有信心，同事比他先下車，他自車的上層向同事揮手再告別，看同事橫過馬路，忽然意識到他們走的是兩條路。同事是麻將貴族，他卻是文字跳蚤，如果上天真有這點恩賜，或者他不應該暴殄天物。於是他認真想到讀而優則寫，這個念頭一纏繞他，吃過晚飯後，他拿出書來看，卻再也看不入腦。這才意會到事件的嚴重性，一朵陰雲籠罩著他，他對甚麼事也提不起勁，只想靜靜的倚在床邊，胡思亂想，甚至閉上眼睛企圖入睡也是徒然。一種原動力在體內醞釀，而在腦中盲亂撞擊，他只想向自己下達命令：寫。

只是，寫些甚麼？

15

「細聲講，大聲笑，弟弟和他的她，在電話中。

只是，天有不測的風雲，弟弟突然面色一沉，重重的把話筒放回叉簧上。

「新配了個太陽眼鏡，以為了不起，出街又戴，在家又戴，告訴她會壞眼的，死不聽，激不激死人？你說！」

弟弟從沙發上跳起來。

「以後再也不理她死活！」

電話怯怯的響了，不用拿起話筒便知是誰打來的。

「告訴她，我不聽！」

弟弟一意孤行，對方無奈地掛上電話。

然後，鈴聲響了第二遍，響了第三遍，響了第四遍……弟弟始終沒有離開房門半步。

「放長雙眼看，她不死心的！」

果然，電話又響了，在第二天。只是，找爸爸的、找媽媽的、找我的、找妹妹的……就是沒有找弟弟的。

「居然學人擺架子，我才不稀罕。」弟弟扶正快要滑落鼻梁的眼鏡，步回房裏，按捺不住，索性跑到街上，過不了十分鐘又跑回來，劈頭第一句便問：「有沒有找我的電話？」

本不想令他失望，但身不由己，頭在點，口倒如實說沒有。

弟弟頹然陷進沙發中，手終於吃力的把話筒拿起來，真佩服他的記性，幾天沒有撥的號碼，一下便接通了。

弟弟把話筒從左耳轉到右耳，又從右耳轉到左耳，再從左耳轉回右耳……停住，有人接電話。

弟弟沒有作聲，只是用手指順著電話的螺旋線一圈一圈的環轉下去，空氣僵持。最後，弟弟乾清了幾聲喉嚨，隨而收線。

電話重新響了，鈴了幾聲弟弟才接，起初他還怒容滿臉，過了不久，微笑便從他的嘴角向上掀起，透過鼻子，由眼中綻開來。

陰霾從他頭上移開。

「其實她整天戴太陽眼鏡也無所謂，你沒有看過她那模樣，好美！」弟弟把冷背心套在恤衫上，對鏡自照。

陰霾停在我的頭頂，變成疑雲。

「拍拖這門玩意，起初的確很新鮮，只是整天行街看戲吃東西，日久自然生厭，於是便得弄些花樣來調劑一下。吵架便是其中之一，大的、小的、有理性的、無理性的，然後，你便會嚐到和好後那份不可言喻的滋味！」

一個箭步，弟弟竄出門外，他已做好準備工夫，跟著自然是享受遊戲的成果。」

記得小時候很喜歡吃一種叫吹波糖的零食，拆開糖衣是粉紅色的一塊，放在嘴內甜甜的，一使勁便吹出一個圓球，收回嘴內可以再嚼，再吹起又是另一個圓球。起初的確蠻好玩，但愈嚼愈不是味兒，最後實在無法忍受，把它吐進糖紙裏，裹屍丟進垃圾箱。

「……電車停在尊尼的辦公處時他有些緊張，雙手緊握著前面的椅柄，手心微微冒汗，透過車窗，他可以看到同事們正陸續步入辦公的大廈。往日他也會加入他們的行列，乘著升降機直抵辦公室，簽到後坐回自己的工作崗位。九時剛過，一天的工作又開始，先拿昨天下午準備好的工作給上級審核，其他人接著也會把他份內的工作堆到自己桌上。上級隨時會把他叫到跟前，東問西問，或叫自己找一些公文。有時自己忙得不可開交，上級又大喊特喊時，他恨得咬牙切齒，支付那區區數百元薪金，便把人差遣得像個奴隸，但他往往又忍氣吞聲的出去問上級有何吩咐。直到午膳時，尊尼才鬆一口氣，兩點後如果沒有重要文件，上級通常會停止審核，他正好準備下一天的工作。但有時忙起來，要做到六點後才能回家，典型卡夫卡的夢魘。離開學校後他就一直沿著這條直線走，在家人親戚心目中他向來是個循規蹈矩的青年，但自己總不能永遠為別人而活。今天他偏要行差踏錯，放自己一天假，所以尊尼故意在下一個站才落車，又朝著往辦公處的相反方向走，不一定要到甚麼特別的地方，只希望心平氣和的倚著碼頭旁的欄杆，聽聽海浪拍岸聲，或者看看天上變幻的雲霞。只是自己突然不上班，上級會怎樣想？自然明天可以告訴他說病了，但上級可能今天便打電話到自己家裏，而發現自己不在家，上級又總是來往於辦公室與律師樓之間，一會在路上便可能碰到他，當然大不了便被解雇，但最近市面普遍不景，找工作並非一件易事，他愈想愈覺得不對勁，連忙掉頭以衝刺的姿態奔跑，暗自慶幸趕到辦公室時，簽到簿還未被收去。」

在牙醫候診室碰見一位朋友，陪婆婆來脱牙，他不顧一切坐過去，開始述説自己牙痛的經過：昨晚臨睡前還沒有事，半夜才覺得右上顎好像有人用開山鑽由牙齒一直深入到牙肉裏去，下顎也跟著痛起來，隨而整個口腔都隱隱作痛，分不出那隻牙是罪魁禍首。他看不到朋友的表情，因為朋友在他們之間展開一張報紙，「土耳其軍隊登陸塞浦路斯，與希軍對峙」、「女星白小曼在香閨仰藥自殺」，他只聽見朋友支吾以對，以為朋友一直聽著。誰知報紙突然自朋友手中滑下，他發現朋友正在打瞌睡，而他的牙又開始痛起來。

「……物價漲風一起，傍晚常見五六人在灣仔道垃圾堆中撿拾腐壞的薯仔、蕃茄、蔬菜等，他們爭先恐後，頗重視得失，這些腐爛的東西已經變形，看來不堪入口，現在卻有一些人以之作為佐餐所需，説明漲風引起的民食問題，是何等嚴重……

「……」（註）

……抵家聽見妹妹正在嬌嗲地哀求爸爸收留一隻剛從外面撿來的流浪狗，長毛幾乎掩蓋雙眼，吠的聲音柔弱，一眼並不能博取偉明的好感。然而妹妹把牠當作玩具抱在懷裏，還像推銷員般說自來狗會招來好運，妹妹只是中下家庭的子女，想不到卻沾染豪門大戶的嗜好。她應該知道家庭現在的景況，大家有飯吃於願已足，那有閒米餵飼另一張嘴。爸爸雖然裝著若無其事，仍然每天一早便出去，其實卻只是找事做。爸爸向來任職的工廠已倒閉，媽媽本來接些公仔衫來車，最近也因為生意不景，數量日漸減少。所以偉明特別在放學後找份補習，雖是區區二百多元，也自有其作用，補習的工作不易為，兩個學生倒不大頑皮，他們的母親卻異常嚴厲，每次補習時總坐在遠處虎視眈眈，遇著學生測驗不及格，她便板起面孔，指桑罵槐的譏諷偉明沒責任心。而妹妹每天舒舒服服的返學放學，未住洋樓卻想養番狗，他實在看不順眼，幾乎想一腳踢向流浪狗。爸爸似乎洞悉他的心事，求恕的眼神彷彿在勸他體諒妹妹的無知，他忽然無話可說，爸爸也有道理。

妹妹畢竟還小，怎了解家裏的拮据，社會現在普遍的不景氣，也遮蔽他對其他生物的同情，於是偉明再不多話，就讓流浪狗留下來啃家裏吃剩的骨頭……」

他倚著車窗，細細地打量身旁的男人，那是一個典型的勞動人民，短短的頭髮覆蓋著瘦削的面頰，額上及眼角清楚地展現很多皺紋，大概這就是所謂被生活輾過的痕跡。闊大的淺藍恤衫束在灰色的窄腳褲內，下面是一雙陳舊的黑鞋，起初他對這個男人也沒有反感，只是巴士突然一煞車，男人的背脊猛地撞到椅背上，口中竟立時冒出一句粗口。指頭跟著從鼻孔裏挖出青灰色的一塊，順手便揩在椅墊下，男人隨而大聲清理喉嚨，一口痰就如此這般吐到地上，嚇得他連忙跑下巴士，雖然他還未到站。

工友把他帶進編輯室裏，編輯正在校對，只招呼他坐下，又埋首工作。他把手中的文稿放在編輯桌上，唸出早已準備好的台詞——素仰貴出版社對栽培後輩不遺餘力，故特帶來本人新寫就的小說，希望閣下能給予批評指導，由於不想阻礙閣下太多時間，所以只帶來小說的三份之一，如果閣下認為滿意，再把其餘的奉上。編輯毫無反應，他不禁有點尷尬，心想編輯可能太忙，或者就等他一會。只是半小時無聲無息的過去，編輯仍漠視他的存在，他乾咳一聲，企圖提醒編輯，只是聲線混著窗外的車輛聲及隔壁的打字聲，不大突出。室內的空氣有些悶，惟一的電風扇起不了大作用，他上身只穿著一件恤衫仍覺得熱，於是偷偷的解去胸前兩顆紐扣。他忽然想到一個惹人注目的方法，索性把紐扣全部解開，甚至把恤衫脱去，編輯還是繼續工作，他把長褲也除掉，編輯仍沒抬起頭來，最後他把心一橫，連惟一蔽體的內褲也褪去，就這樣站在編輯面前。這回編輯似乎覺察到，卻只冷冷的瞥了他一眼，似乎只把他當作一尊古羅馬的雕像。這時外面忽然傳來敲門聲，他暗自慶幸這是機會，如果進來的是個女職員，可能會高聲尖叫，他甚至希望她打電話報警，只是女職員逕自走到編輯面前出示圖樣，編輯點頭後，她便視若無睹的離去。他忽然好洩氣，垂頭喪氣的穿回衣服，離開出版社。

翌晚他又告失眠，只好眼睜睜的望向天花板，他忽然發現自己躺在床上，三面被牆壁圍繞，就像被困在一個棺材裏，而透過惟一的窗口，他只看到對面零落的燈光，街上似乎仍有一兩人在走動。可是他聽見聲音，卻發現不到有人，其實他甚麼也看不見，這樣想時他反而覺得心安理得。陰霾逐漸消散，他有點捨不得，卻寧願對接踵而來的睡意表示歡迎。他知道自己快要入睡，而兩日來的創作之夢，就像一會自己可能會發的夢，過後便被淹沒在時間的波濤裏。

註釋：

乃木君語《明報》「自由談」專欄〈漲風下所見〉。

原載《四季》第二期，一九七五年五月，略有增刪

來客

猛然看見一隻貓，蹲在大廈的梯間。

無論如何牠只是一隻蜷縮成球狀的生物，如果是在白天，恰巧地上有個紙團，我一定練練眼力，把牠當箭靶。時間卻是黑夜，例外的一次，我從外面歸來，剛與友人泡在咖啡館裏談得忘形，過了睡眠的鐘點，好像毒癮發作，只想倒頭大睡，鎖匙孔偏要和我作對，在虛弱的光線下，隱在觸摸不到的角落。我打了一個呵欠，淚眼模糊中，貓又在不遠處顯現，像一尊瓷像，冷冷地見證一切，在線條簡單的垃圾桶旁，多了這樣一隻怪物，我難以忍受。我伸出一隻腳，重重的向前一踏，企圖引發驚嚇的作用，貓卻無動於衷，甚至連眼睛也不眨動一下，白色的毛閃爍在陰暗的梯間，夜顯得更陰森了。我寧願遇見一隻狗，起碼牠會向我狂吠，或者拔腳跑開幾步，回頭窺伺我的舉動。此刻我只覺得自己像個癱瘓的老人，任敵人隨意宰割，我心有不甘，再用力往地上一踩，鎖匙適時找到門孔，我逃進屋裏。

貓算是正式搬進來了，縮在樓梯轉角處，像一塊絆腳石，有時電梯壞了，我們拾級而上，都不敢妄自跨過牠的身體，寧願在牠身旁繞過，我們都為這段多餘的路程抱怨。貓並未就此靜養，以後的日子裏，我們經常看到牠大模大樣地乘坐電梯，儼然是大廈的住客，而牠並沒有簽訂任何租約，牠的出入就更為觸目了。於是，我們都有一個共同的願望，期待牠在一次出門時迷途，從此失蹤，有幾次我真的看到牠在街上亂轉，我閃到一旁，像個小偷般溜回大廈裏，等電梯的一刻，貓又高視闊步地從外面進來。與貓一起的時候，我是忙碌的，貓總愛用後腿蹲著，伸出前爪在耳邊抓癢，我躲到一旁，惟恐牠會把一些臭蟲，彈落我的衣服。樓梯上擺著一張藤椅，是大廈管理員的寶座，趁人家去了巡樓，貓老是往上面一跳，毫不客氣眯起眼睛養神。我趕忙從樓梯上跑下來，希望貓在椅上昏睡，只是電梯的門打開，貓就一躍而起，搶先竄進電梯內，我被迫與貓相對，倒也發現牠的特徵，在雪白的毛上原來點綴著一些淺棕色的並非不好看的斑點，但看到牠趾高氣揚的神態，我倒願意相信，那是一塊塊疤痕，我有點不耐煩。有一次，我乘著貓不覺察，按過我住的一層的數目後，再向下面數層的按鈕印去，電梯來到另一層，中門大開，貓果然跑了出去，我幾乎手舞足蹈起來，等到返抵家門，又看到貓懶洋洋地在樓梯間窗口下曬太陽，就像甚麼事情也沒有發生過。

接著幾個晚上，我都被連串的怪聲驚醒，我望著黑暗的周遭，有種陌生的感覺，我已經很久沒有嘗過失眠的滋味了。這些日子，我總在差不多的時間就寢，翌晨又依時醒轉，比鬧鐘還準確，只是幾聲嘶叫，我的習慣便告崩潰，那是一陣單調的吶喊，有點像嬰兒的啼哭，卻缺乏那陣節奏感，一聲過後，隔了很久，才響起另一聲，我苦思良久，終於懷疑到貓。其實，只要我走出去看，一切就會明白，我拒絕這樣做，我始終遵守做事要專心這句格言，在睡眠的時間，當然不能夠四處走動。記得有好幾次，我從飢餓中醒來，聽到腹部的鳴叫，我也沒有起來進食，我欣賞自己這份堅忍的精神，被吵醒後，我倒發現了夜的音樂性。驟然的電單車是嘹亮的銅管樂器，屋外的水管持續地敲擊著，猛然樓下的大鐘發出定音鼓的一響，我想起下一天的工作，連忙合上眼睛，努力入睡，神智卻始終清醒。我開始焦急起來，像亂了拍子的舞者，一時手足無措，不管青紅皂白，我詛咒那隻貓。

好幾天沒有看到貓的蹤影，相信事情已告一段落，我索性把牠忘懷。另一天，電梯停在下一層樓，我又意外地與貓相遇，在牆邊的窗口，我視若無睹，就讓下一層樓的住客頭痛，莫管他人瓦上霜。我安然進出大廈，直到許多月後的一天，我在梯間發現四隻貓，其中三隻似乎出生不久，孱弱地依偎著一隻大貓。我渾身不舒服，這是遇見白貓時感覺不到的，這隻貓的身體有些灰黑的條紋，亂七八糟地交疊在灰黯的毛上。我匆匆來到電梯前，用力按鈕，然後站在一旁，埋怨電梯升降太慢。貓的行蹤難以捉摸，有時看見牠們蜷縮在鐵罐裏，或者突然從棄置的鞋盒跳出來，而我對黑色是愈來愈敏感。有幾次，我看到大貓像人般站起來，攀向我們的垃圾桶，我立刻聯想到，如果牠們再找不到充飢的食物，會不會向人類打主意？大概我是看得太多災難電影，而貓愈來愈放肆，下一天我開門外出，竟看到大貓蹲在門前的空地上，幾乎一伸爪便可以觸到我的鞋頭，我頓足作出恐嚇的動作，牠卻絲毫未受威脅。我到廚房找來一枝木棍，往地上拍打，牠才勉強站起來，跑開幾步，回頭望我，黑色的身軀半掩在幽暗的走廊裏，我只看到牠圓睜的眼睛，隱隱聽到牠嘴裏發出胡胡的吼聲，我關上大門，打消出去的念頭。妹妹也有類似的遭遇，母親給我們解釋：「大肚貓通常都是比較凶悍的。」

是謀求解決的時刻了。

晚上外出，大廈的看更照例和我打個招呼，我通常只會回報一笑，這次卻乘機搭訕，看更知道我的用意，便說：「我也曾試過把貓引出去，牠們又自動跑回來，我實在沒有辦法。」至於找人捉貓。「那可是日更管理員的職務了，我是無權過問的。」翌日，我又去找日更管理員商量，當時他正陷在藤椅內打瞌睡，我像無意揭破別人的隱私，有點尷尬，管理員剛巧醒過來，打著呵欠問：「甚麼事？」他滿布血絲的眼瞪著我，不知為甚麼令我想起貓，我吞吐了半天，才說明原委，他立刻嚷起來：「你們付得起多少薪水請我？每月要發租單、追收管理費、張貼告示、清理地方、監視上落的陌生人……難道我是三頭六臂的？那雞碎般的人工……」接踵而來的污言穢語，極富創意而又連珠炮響，可惜我趕不及筆錄。

我打電話到防止虐畜會，得到這樣的答覆：「貓是很難捉的，牠們會沿著屋脊跳來跳去，我們可不能飛天遁地。」我大感失望，對方又補充：「辦法倒不是沒有的，我們可以供給你一個貓籠，你擺些食物進去，放在樓梯的當眼處，牠們自然入瓮，你再把貓籠提回來，我們就會處理。」我看到一線生機。對方又補充：「手續上我們會收取五十元費用，你把貓籠歸還，我們自會退回給你。」我如痴如醉地收了線，才想起一些問題，倘若只有一隻貓被擒，我們該怎樣對付其他的？萬一捉到的是小貓，老貓會有甚麼反應？如果……

母親說自來貓會帶來噩運，老人家的話間中也頗有道理。自從白貓黑貓來後，這裏接二連三發生惡事。大廈算是搖搖欲墜。首先，大廈的信箱在一夜之間變了形，起初我也沒有留意到，我從來不會在信箱裏收到友人的訊息，也懶得寫信給人家，每次撿來的，不是父親的稅單，就是水費單和電費單，漸漸的，我對信箱就產生顧忌，我索性忽視它的存在。

那天從電梯出來，卻看見幾個住客對著信箱大吵大鬧，我也來到家用的信箱前，還未掏出鎖匙，信箱的門已經歪歪斜斜地敞開，貫串上下兩個信箱的鐵枝也鬆掉，甚至下面的玻璃，都被砸得粉碎。只要伸手進去，就可抽出任何信件，我的心底夾雜著快意與寒意，對著信箱，從俗發了一會牢騷，卻無能力收拾殘局，無奈上班。後來據家人說，那是三樓幾個學徒的傑作，原來三樓有一間小型鐘錶廠，學徒就在那裏留宿，公餘時也沒有想到進修，閒來就喝酒打撲克，前夜大概多飲了幾杯，跑到樓下發洩，信箱就遭了殃。儘管住客投訴，管理員並沒有追究這件事，我們也不了了之。只是，每次經過樓下，信箱的門都像沒有掩蓋的雞籠，還未掏出鎖匙已經自動打開，信件像醉漢般倒到地上，彷彿著了魔，實在看不順眼。大廈的看更教我買幾根鐵絲，把門串起來，我唯唯諾諾，過後又懶得理會，事情就這樣告一段落。

忽然，這裏再度實施制水，我們總是在就寢前洗滌，一下子都亂了方寸，等到我們適應晚上十時前的洗滌，水喉又突然罷工。我們以為制水又告升級，卻不見報章電視有任何報導，後來才弄清楚，大廈的水泵年久失修，終於壞掉，水到九樓，再泵不上去。我們住在十三樓，每天下班後，都得到管理處的洗手間提幾桶水回家，煮飯洗滌。我們向業主投訴，每次都推說已通知有關部門，卻不見得有甚麼改善。逐漸，取水成了我們每天的作業，我們倒是樂此不疲，還自我安慰，既然在辦公室坐了大半天，應該運動一下。幾個月後，水泵終於修妥，我們再不用輸水，反為若有所失。至於停電、洗手間沒有水沖廁、電梯還是經常壞，都成了次要的事。

終於，大廈爆發第一宗劫案，我們捉不到那個賊，都同意把責任歸咎在業主身上。幾個月前，七樓有一個單位空置，一個穿唐裝的中年人到來接洽，七百多尺的實用面積，每月願付出千五元，相等於工業樓宇的租值，幾天後，業主便與他簽了租約。中年人搬來後，並沒有把樓宇用作工業發展，反為一些不明來歷的人，經常在七樓出入，人們盛傳中年人開設賭檔，只是沒有證據，我也曾與這樣的陌生人同乘電梯，他們的長相令我忐忑不安，直到他們離去，我的心才安定下來。我們都不敢聲張，私底下預言有事發生，果然應驗，時間是早上十一時許，地點就在電梯，受害人是九樓一位家庭主婦，據説她還被劫匪割破手掌，血都滴到電梯內，像一隻隻目擊的眼睛，詳細情形就不可而知。那天中午我回家吃飯，電梯的血剛被抹去，仍然留下一灘穢跡，我瑟縮在一旁，深恐血跡裏會有某種蠱惑，把我沾染。踏出電梯，我看見走廊零星地散佈著一些糞便，大廈充滿腐壞的氣息。

我依然對防止虐畜會的貓籠念念不忘，或者大廈管理員仍可以充當傳送的角色，一點茶錢，相信也不會觸犯貪污條例。我又來到管理員面前，他正拿著一份民政署派發的告示，打算貼到佈告板上，告示上印有清潔香港、慳水運動、撲滅罪行等字樣，飛揚在管理員指間，變成一些眼花繚亂的線條。這時我才留意到，佈告板上有一塊橫匾，寫著大廈互助委員會，只是混在沖印、呢絨匹頭、攝影學校、X光化驗所的招牌間。起初我還以為是某間公司的名稱。大廈管理員用一隻手按著告示，從佈告板上拔出一口大頭釘，冷不提防，釘跌到地上，他摸索了一會，也茫無頭緒，猛然看見我的存在，不耐煩地說：「兄台，又有甚麼貴幹呀？」我的心事都被嚇走，惟恐他再度爆粗，只會期期艾艾地說：「我……我不過想……告訴你，那口釘就在……在你的腳邊。」

早上，電梯特別忙碌，剛把我納入其間，復在下一層樓接載一對夫婦，到了九樓，又開門迎接一位中年婦人，來者手中緊纏紗布，我聯想到劫案的事主，一廂情願地感覺氣氛緊張。大家本來緘默，那陣聲音是突然衝出來的，下一層樓的男人問：「你的傷口沒有大礙了吧？」說得有點刺耳，電梯裏通常是沒有對白的，我抬起頭來，女子望著身旁的丈夫，婦人也有點意外，但事情的真相還是透露了：「唉！算我倒霉，那天從街市回來，看見電梯裏站著一個陌生男子，竟胡裏胡塗地走進去，電梯的門一關，那人就拔出刀子，搶去我的銀包，我剛買完餸菜，只剩下十多塊錢，那人不滿意，逼我帶他上樓，起初我不肯，他作勢刺過來，我伸手一擋，手掌就被割傷，只好服從他。到了九樓，剛巧我的先生和幾位朋友等著電梯出去，那人見了，一把推我出去，自己乘電梯逃走，我們沿著樓梯去追，那人已跑得無影無蹤，我的先生倒算健壯……」男人俯頭細聽，又不時望著旁邊的妻，彷彿聽的是一則寓言，希望大家從中取得教訓，女子卻自有她的想法：「都是那些不祥貓招惹的禍，我早說過拿五十元到……」女子忽然住了嘴，男人正狠狠地瞪著她。

大廈忽然變得危機四伏，有一天我們從外面回來，看見門口貼著一封律師信，聲言三天之內不再繳清有關費用，當會向法庭申請封樓。我們向管理員交涉，他說：「幾個月前，我們已經發信通知，說明大廈為你們安裝了獨立水錶，每戶須繳交四百元，你們不理不睬，我們只好交給律師樓辦理。」這筆莫名其妙的費用，雖然說是由大廈的立案法團訂定，我們始終相信與業主有關。事情得追溯到半年前，業主忽然要求加租，根據租務法例管制，加租後未夠兩年，我們有權拒絕這份額外的負擔，我們依然用匯兌的方式繳租，每次業主都退回來，但我們有郵局的收據為證，業主也無可奈何，終於接收。表面上我們勝了一仗，只是這一次，我們總不能為區區數百元與人打官司。下一天，我們便到律師樓繳清這筆費用，回來的時候，管理員又遞來一封信，看到那是另一張繳交電梯保養費用的通知，我們有窒息的感覺。

雜事煩擾著我，一度把黑貓忘懷，等到我想起，牠們已自我的生活消逝，我故意跑到下一層樓，白貓也失了蹤。重新走上來時，我感到梯間的寒冷，氣候是初冬了，難道貓隻也像候鳥一樣，另外尋找溫暖的居所？沒有任何牽掛，想到要走，便離去了，我們也曾經以為這裏是最安全的，全心全意接受大廈保護，現在一踏進來，就有陰森的感覺。我們並沒有想到搬離，固然樓價日漲，我家的面積，該不止於現時的租值了，而長久的怠惰，我們都有點僵化，我們將會耽下去。只是，我開始感到有些無聊，每次回家，我都在梯間張望一下，才開門入屋。垃圾堆是太單調了，最好突然出現一點新奇，譬如玩雜技的猴子、歌唱的公雞、舞蹈的白鴿，每天我都失望，但當黑夜來臨，梯間就完全死寂下來了。

我想起那些貓。

原載《星島日報》「星辰版」一九七七年五月四日至五日，二〇二一年修訂

咳嗽

短促而持續的數聲響，這樣撕心裂肺，彷彿熔岩本來在地底流動，黏膜倏忽受到刺激，地層的橫隔膜迅速收縮，把岩漿往外推，火山口隨即開啟，先讓熱空氣奔竄出去，流離浪蕩。網吧剩餘的幾個人無處可去，瑟縮在這幽閉的洞穴，縱是日間，也像遊魂野鬼。本來迷頭迷腦在互聯網上漫遊，突覺地動山搖，有若撥亂時間鬧鐘錯響，剎那間都驚醒過來。他坐在肇事人的斜對面，首當其衝，一張瘦長的馬臉像暴露在屋外的窗玻璃，被點點驟雨打濕，身無長物，固然沒有遮擋的傘，更沒有即時解困的工具。鬆軟的背囊像癩皮狗蜷伏在腳下，將斷的黑肩帶還需要用藍膠紙銜接，當然不會盛載散發香氣的紙巾，勉強遞高烏黑揉皺的衣袖，在臉上抹一抹，雙眼幾乎噴火，悻悻然說：「仁兄，咳嗽時請掩嘴。」

「離天百丈遠，又關你事？」肇事人的家族裏，隨地吐痰是與生俱來的習慣，咳嗽打噴嚏時要掩嘴簡直不可思議，肇事人懷疑坐在斜對面的他有非同小可的潔癖。

「口涎會乘搭噴射機，降落在別人五官的國際機場。」社交場合基本的禮儀，父母雙亡之後，從小姊姊就對他教導，這個老粗還在狡辯，他覺得委屈。

「神經病，你想惹事生非？」肇事人顯然教而不善，而且惱羞成怒。

「我不過想提醒你對別人起碼的尊重。」他不甘示弱。

「老頭子也管不著，我要你教？」到底一把年紀，被人教訓，很不服氣，肇事人霍地站起來，捲起衣袖，像要噴出龍的氣焰。肇事人有山東好漢的魁梧，一隻手臂足有他兩條腿那麼粗壯，卻會驚天動地咳嗽，也不知道可是紙紮老虎，然而自己不爭氣，剛戒了毒，狀態欠佳，不是比試的時候。他低下頭，不再發表意見。

「甚麼事？甚麼事？」社區中心的保安人員聽見吵鬧，進來查探，社區中心的用戶三教九流，籠裏雞作反，最令他們頭痛。有了保安人員當後盾，他明目張膽地訴說事情的始末，並且親身示範，朝著保安人員的面乾咳數聲。

「夠了！夠了！」保安人員連忙用手阻擋，到來社區中心工作，最理想是從上班坐到下班，知道只是痴人說夢，就抱著得過且過的態度。瞥見肇事人依然一副挑釁的模樣，息事寧人地說：「給人噴幾滴口水花也不會致命的，網吧裏有這麼多副電腦，為甚麼你一定要選擇與他面對面？」

陽光從接近天花板的窗櫺漏下來，潑辣地濺到網吧左邊一列電腦，儘管已是黃昏，依然發揮迴光返照的力量，電腦眨眼間都被吞噬，一個網民用手擋在眼前搭起一個涼棚，彷彿駕著微塵引頸翹望虛空。

「兩人別再生事，不然就要請君出甕。」家中本來也有平板電腦，只是姊夫長期霸佔，沒有他的份兒，康復期間，他努力順應主流，來到社區中心報名上電腦課，餘暇每天練習書寫履歷和求職信，嘗試在網上找工作。社區中心就是家以外的家，國有國法，家有家規，保安人員在白恤衫黑西褲外套上蛋黃的背心，帶有阿波羅神的威儀，他沒有再聲張，撿起背囊，移到陽光猛烈的一邊。

在保安人員面前肇事人不敢放肆，網吧的用戶愈走愈少，幾乎成了無人地帶，肇事人倒膽壯起來，不止咳嗽時不掩嘴，臨走前，還繞道他身後，俯首在他後腦，故意乾咳數聲。他把頭垂得更低，差點要把背囊當龜殼縮進去。心撲通撲通地跳，祈望不會再生事，網吧走剩他一個人，依然再蹉跎個多小時，才敢起來，惟恐肇事人等在社區中心外面伏擊。

大堂裏，保安人員抱著胳膊，與一個流浪漢模樣的人閒談，流浪漢說得高興，張開失掉門牙的嘴，縱聲狂笑，登時水花四濺，保安人員找個藉口迴避，背轉身，迅即從口袋掏出紙巾拭臉，還到牆邊的消毒器擠一點淨手液。保安人員離去，他也來到牆邊，請求消毒器施捨幾滴甘露，抹手抹臉。

從社區中心出來，陽光已經收斂，犬吠嚇得眉月躲進雲梢，全靠微弱的街燈引路，接近馬路一邊的泥土栽有日本雪鈴樹。另一邊養著灌木叢，中間依然騰出平坦的柏油路，讓他大踏步回家。可惜一雙鞋踭都已磨蝕，行走起來像乘坐輕舟在風浪中顛簸，就靠肩上的背囊保持平衡。冷不提防踢著一個空罐，哐啷哐啷像滾軸向前輪轉，他慌忙趕過去，一腳鎮住，環顧左右，彷彿幹了虧心事。

開門進屋，姊姊在客廳看電視，平板電腦放在姊夫膝上。姊姊探頭出來問：「吃過東西了嗎？廚房的平底鍋留有肉醬意粉，要不要我替你加熱？」

「他有手有腳，又要你來操心？」姊夫的目光掃過來像燒紅的鐵，語氣有點像社區中心的肇事人，輕蔑原來可以傳染，他迴避望向地板。

「不用了，我已用過晚膳，謝謝！」房間才是個大龜殼，躲進裏面最安全。

可能因為肚餓，整晚睡得不好，總被亂夢纏繞，迷糊間只覺得無數蟲豸在臉上攀爬，需要經常用手指抓癢。醒來時日上三竿，姊姊姊夫早已上班，他睡眼惺忪踱步走進浴室，刷牙漱口，用毛巾擦臉時覺得有點異樣。對鏡自照，起初還以為鏡子久未拭抹，斑點都映照到自己面上，用手撫摸，睡意全消，臉孔闢出鞋抽形的花圃，開滿一朵朵雛菊。

原載《香港文學》二〇一七年十一月號總第三九五期，略有增刪

臉書

並非煙霧迷離的偵探小説，如果想追尋山路一般迂迴曲折的故事情節，這篇小説可能不是你心儀的一杯茶。要是打算拜小説的主人翁為師，學習幾度抽絲剝繭的查案板斧，也請把書稿擱下，改讀柯南道爾的《福爾摩斯全集》。手槍聲一響，中彈的死者是美國國防武官，兇手立刻便給認出來了，他是土生土長的西非青年，才不過二十多歲，手段已經可以媲美蠍子，離聖誕節只有三天板動死亡。千禧年的十二月，非洲卻完全沒有冬日的乍暖還寒，午夜已過，死寂的空氣就是揚不起一絲風，熱烘烘的地氣從腳下升起來，像木乃伊的裹屍布纏身，翳悶中有濃郁的汗酸味。因為工作的緣故，國防武官身不由己留在非洲，耳際響著聖誕鐘聲，一顆心早已飛往北卡羅萊納州的家人身畔。數年前愛妻病逝，應邀來到非洲算是逃離傷心地，落腳後發覺自己依然記掛著故鄉的女兒。忘我地工作，晚膳用得遲，從餐廳裏出來，已經星月當空，汗淋淋的衣服黏在皮膚已經渾身不舒服，黑暗的角落裏還竄出他和一個手持 AK-47 突擊步槍的惡漢，夢魘幻化人形，天彷彿塌下來。兩人脅持國防武官來到一部豐田座駕車旁，名喚陸地巡洋艦，渴望的是無往而不利，他喝令國防武官交出車匙，官僚作風的即時反應往往是不肯就範，一念之差，激發他的怒氣，登時在國防武官的胸口開了一朵槍花。

黃昏，暮色
與噴泉痴纏
故鄉避進
沉默的色調

我回想遠方
青蛙與月亮的營營，蟋蟀
的低鳴
羅薩里奧的歌聲逐漸減弱
跨越田野，聆聽
教堂的鐘聲我死去
陌生人，不必恐懼
我温柔地在平原衝刺
我是愛的精靈
從遠方返回我的故鄉
——帕索里尼〈教堂歌聲〉

同僚過來搶救，只挑釁兩個兇徒的獸性，子彈如雨降落，似不測的風雲。

他與國防武官素未謀面，狹路相逢，一言不發大開殺戒，是否因為國防武官的固執，引發他以前當汽車經紀時的不快經驗？馬里尼日爾河畔的加奧是他的出生地，父親是森林保育服務區的行政人員，像養育林木般栽培他。他就曾經當過父親的助手，枝葉繫不住他浪蕩的心，其後他在司機與經紀的職位間團團轉，不知幾時變得慘綠？聲名噪起卻是走私活動，那夜他就存心劫車，明知道座駕車屬於大使館，並沒有阻撓他一意孤行。做案時他還未加盟伊斯蘭馬格里布聯盟的阿爾蓋達組織，美國這個名字已經像一塊燒紅的烙鐵灼痛他的雙目，要拿超級強國的子民當作槍靶才肯罷休。

這就向前
擺脫所有羈絆
是我們的，又不屬於我們
就像古井的水

照得我們支離破碎，又把形象扭曲

痴纏我們的如刺蒺藜和荊棘丟開

這就向前

這一次真要細看，近距離，從新角度

我們停止細看的——

都變得過分熟稔

瞥見充塞你童年的苦難

那麼廣袤，那麼冷漠

是的，這就向前，手脫開拉著的手

前去哪裏？前去不確定的

前去一個完全與我們沒有關連的國度

對生命裏的刺激漠不關心
甚麼驅使你向前？不耐煩，本能
陰暗的想望，無法理解
向所有這些臣服
放開懷抱——
就算你要獨自死亡
這就是新生命的開始嗎？
——里爾克〈浪子離家〉

是她的分析類推智能讓上司另眼相看，還說她天賦化解疑難，批判力

強，職業欄填寫的卻不是偵探。根本槍殺國防武官一案也沒有峰迴路轉，他從死者身上奪過車鎖，以為與同黨陸地行舟，兩天後已經在馬里擱淺。伶牙俐齒幫助她成為美國司法部的檢察官，當中一個任務就是蒐集證據把他控告。公訴人並不是她的第一志願，童年時在家裏她喜歡搶接電話，生母就取笑她長大後要當電話接線生，後來她果然接通天地線。在大學攻讀時，她本來主修衛生政策，有意在醫院裏大展拳腳，九一一事件後，耳際縈繞七嘴八舌的聲音，起初嗡嗡的極為模糊，聽清楚都是誣蔑，說身穿阿拉伯式長袍的都是恐怖份子。她對種族歧視的待遇並不陌生，很多親戚移民到英國，無論怎樣努力，接受高等教育，身任要職，始終被視為邊緣人。她本人在美國出生，人家有興趣追究的還是她的原鄉，就是不肯把她納入大溶爐的懷抱。以身作則，她身披阿拉伯式長袍，踏入法庭的原告席，起訴未必穿阿拉伯式長袍的恐怖份子。寰宇村再不是烏托邦，應該怎樣分門別類？

你或會把我編進歷史
用尖酸刻薄，扭橫折曲的謊話
你或會在同樣的污泥裏將我踐踏
依然，像灰塵，我會鵲起

我反唇相識觸怒你嗎？
你為何被陰霾困擾？
只因我高視闊步，像在客廳
鑽得油井

就像月亮，也像太陽
憑藉潮汐的堅定
就像想望，跳彈得高

依然，我會鵠起

你想看到我崩潰嗎？
低頭垂眼？
雙肩似淚珠滑落
為我激情的呼喊而至軟弱無力
我的傲慢冒犯了你嗎？
你可不是覺得怨氣難吞
只因我開懷大笑，像在後花園
挖到金礦

你或會用字句射擊我
你或會用眼睛切割我

你或會用仇恨殺害我
依然，像空氣，我會鵲起

我的風姿觸怒你嗎？
是否令你暗吃一驚？
因為我歡舞自如，像在碰撞的雙腿
鑲嵌鑽石

走出歷史恥辱的茅寮
我鵲起
躍出根植痛苦的過去
我鵲起
我是黑海，衝激而又寬廣

積聚膨脹，在浪濤間我忍受

遺落恐怖驚悸的黑夜
我鵲起
邁向奇妙澄明的黎明
我鵲起
帶著祖先賜予的禮物
我是奴隸的夢想與希望
我鵲起
我鵲起
我鵲起

——安吉蘿〈依然我鵲起〉

上世紀七十年代，她的雙親先從巴基斯坦移民加拿大，再在紐約定居，童年時期父母離異，她往來長島與曼克頓之間，有時與父親繼母同住，很多時候又回到生母身邊。趁著放暑假，她更遠赴巴基斯坦和英國探訪親友，多維度的成長環境令她廣結人緣，因為職業需要，她更經常奔走海外，處理亞洲、中東、非洲、西印度群島、美洲和歐洲的案件，出入世界各地的監獄，面不改容，與恐怖份子面對面，是兵家常事。說到底牢房是她的知識寶庫，撒下天羅地網撈取恐怖份子的活動資料。低度照明燈光打在恐怖份子的臉上，恍若鬼魅，他們生存的惟一目標就是自殺，希望早登極樂，失手被擒，彷彿給人從陰司扯回人世，發覺聖戰的口號不過是空洞的承諾，事實擺在眼前，還有終身監禁需要面對，頓感張惶。

……恐懼與猜疑擾亂

他泯亂不堪的心智，一自底層

攪動他內心的地獄。因為他內心
常存地獄，重重圍困著他
就算改換地方
也不能一步飛離地獄，正如他
不能擺脫自己。如今良心喚醒
那沉睡的，喚醒苦澀的記憶
過去種種，現在種種，必然
更走下坡，惡行招致惡報接踵而來。

——彌爾頓〈失樂園〉

她乘虛而入，與他們討價還價。用緩刑換取情報，自從二〇〇九年，她起訴十三個與恐怖組織有聯盟的囚徒，未曾嘗過敗訴的滋味。

我的一個想望是，那黑森林
古舊挺拔，紋風不動
並非，一如以往，只是愁苦的面具
而是一路伸延到厄運的邊緣

我不該有所保留，總有一天
它們的浩瀚，我溜進
全無懼意尋到開放的土地
或是高速公路，車輪緩緩傾注細沙

不見得我要回轉
或有甚麼阻礙我前行
超越我，這裏誰會想念我呢？

急切想要知道，我可還會深深懷念他們

他們不會發覺我已改變得無從辨認——

只是對我所有的遐想更具信心

——佛洛斯特〈走進我自己〉

多少青少年提起這首詩，都當引路明燈，在他眼前可曾燃亮？槍憶前身，倒像一部全無冷場的驚險電影，而且是荷里活的大製作，我們作為觀眾看得目瞪口呆，他身為主角可會感到眉飛色舞？大使館失竊的陸地巡洋艦在天不吐熬頭，車內印有他的基因和手指模，證據確鑿無可抵賴，就差未曾把他拘捕收進天牢。排期受審的過程繁冗，一等又是兩年，四壁銅牆按捺不了他的野性，終於破門而出，加入阿爾蓋達組織成為正式會員。參予的戰役包括私運軍火和擄劫政要人物，並不一定為了宗教異見，更多時候是想多賺取幾塊響噹噹的銀元，六年後一宗脅持加拿大外交官的案件，聽說就與他有關。翌年一隊狩獵旅行團遇襲，四名沙地阿拉伯的土著遭受槍殺，他牽涉在內，束手就擒。罪名成立，被判入獄二十年，他並不需要在監牢耽擱太久，同年六月，長駐尼日利亞的伊斯蘭極端份子博科聖地人民軍攻擊首都尼亞美的中央監獄，就是他藏身之所。他又與二十三名囚徒突圍而出，逍遙法外。然而不名譽的過去死纏不放，因為他曾經槍殺受國際法保護的政壇顯要，美國決定懸紅二萬元將他緝拿，重賞之下，有法國軍隊的勇夫，在馬利北部，他與三名同黨齊被拘捕，要是又把他人生的歷程比作摩天輪，誰知道幾時停止旋轉？對他來說，日子是否也像藍色金色天使，不可理解，翺翔在滅絕的光環上？在他馬不停蹄的生涯裏，可曾想到放慢腳步？仰望剪貼在牢獄天窗的夜空，想到憤怒的子彈硝煙只會污染空氣，嚇得無辜的星群四處奔竄，失足掉落他眼底放不下的湖泊。他的父親從電視熒幕認出持槍行兇的不是史泰龍，而是失散多年的兒子，散發著樹脂的衣服輕微窸窣，他的父親甚至不肯輕易踩死腐蝕林木的螻蟻。

結構有點像女追男，卻不是愛情小說，根本男女主角素未謀面，感情毫無瓜葛，已經這麼多年，案件落到她的手中，有如從雪櫃的冷藏格取出一塊凍結已久的肉，掌心一陣痳痹。苦苦追查，完全因為權衡輕重，她發覺事情的嚴重性。未必因為死者是美國外交官，他到底殺了一個人，總不能讓他像拍打蒼蠅後，用衛生紙裹屍衝下水廁。有一段時期，他藏匿在出生地加奧，阿爾蓋達組織的旗幟飄揚，美國司法部不能染指，連起初拘捕他的警官也落荒而逃。他有恃無恐，繪聲繪色把殺人行徑吹噓為英雄事蹟，她更加不能放他一馬，千辛萬苦尋獲避風頭的警官，邀請到紐約出席聯邦大陪審團作證。她又親身到尼日利亞明查暗訪。案發當晚，一個跛足丐人還在現場行乞，正好充當目擊證人，另外一個保安人員也在旅行社的辦事處目睹一切，可惜過後失了蹤，以為已遭滅口，好容易把保安人員尋回，滿臉張惶，心理經過一輪交戰，最終還是答應站到正義的一邊。她又長途跋涉到阿爾及利亞，找尋他同黨的未婚妻，當地的調查過程卻是官僚化和缺乏效率，需要一個當地的法官陪同，才可以入屋查問。

她不斷啟程到西非，根據線索追查，搜羅證據，訪問有可能提供證詞的人，終於從尼加和馬里找來十七名證人，與他對簿公堂。長住西非，證人都沒有為紐約的冬天作好準備，穿著涼鞋踏到雪地，只加添心的寒度。她為他們找來一批大衣、帽與鞋靴反為是小事，最頭痛的一部份，還是把恐怖嫌疑份子帶進美國本土，首府華盛頓與白宮的國家安全委員會都需要肯首，國會議員寧願把外來的恐怖份子扣押在關塔那麼灣的軍事監獄，在那裏的軍事法庭接受聆訊，總檢察長修改軍事法案，就曾加上一句：「阿爾蓋達組織的恐怖份子不能申請米蘭達警告。」換句話說，與恐怖活動有關的刑事案件嫌疑犯，不得行使沉默權和要求得到律師協助的權利。

人總會想，一件事情含有喜劇成份還是宇宙訊息，區別完全取決於發音時的嗞嗞聲。

——納布可夫《俄羅斯文學講座：談果戈里的〈大衣〉》

有時候她發覺自己真像一個服務國際的清潔女工，開動吸塵機的馬達，卻要跑到世界多個角落才能把蛛絲馬跡一管吸盡。等到證據確鑿，她決定起訴，先把警官從尼日帶來布魯克林，在聯邦大陪審團前提出證供，接獲陪審團加封蓋印的控訴書後，決定採取行動。然而他還是逍遙在天涯海角。數個月後，聽說法國軍隊把他逮捕，有點不可置信，畢竟撒哈拉是一個偌大的沙海，儘管他罪惡滔天，始終是滄海一粟。然而以前逮捕他時留有人臉與指紋的識別，根據生物鑒定學，一口咬定是他。要把他引渡到美國，她又要施展外交手腕，他的犯罪網絡羅致多個政府，任何一方隨時都可以阻撓行動。等到馬里政府同意，讓聯邦調查局的密探把他帶上飛機，向他提出米蘭達警告，她長長地舒了一口氣。

她與他本來是互不侵犯的河水和井水，他只是響在她耳際的一聲驚雷，通緝他時倒看過幾幀他的照片。九七年他還未做案，嘴唇上兩撇鬍子像一個黑刷，濃密可以與額頭的眉毛互相輝映，眉毛下是炯炯有神的一雙眼睛，並不算得英俊，倒也五官端正。千禧年他被捕，頭髮剪光，鬍子變得稀疏，雙眼含著一股怒意。逃獄後再次被拘捕，一張臉被怨恨焚燒成枯乾的木屑，雙眼無神，鬚根脫落。聆訊前她與他初打照面，臉孔較照片呈露的較為臃腫，卻是不健康的膨脹，光頭在法庭的燈光下透著光，眼神卻是茫無所依。人的臉孔可以像圖書館的一本書，經過歲月不斷蓋印，逐漸由光滑變得昏黃，從書架上拿下來，帶出戶外，時光流轉，等到歸還書架，經過日曬雨淋，飲料不小心濺到書本，紙頁就像落葉般揉皺收縮，不安份地想要從書脊間突圍而出。她忽然想到多年前還為地方法官當文員的時日，一個重要的黑手黨案件聆訊後，她眼看罪犯默默把手銬和頸鏈脫下來交給家人，明知道自己一直追求真理，仍然不禁下淚。這些年她已經練得心如鐵石，不輕易被柔情侵擾，然而看到他一張臉在控訴青春被偷竊，她難免黯然。她本來是個口若懸河的人，站在法官面前，喉間猛然一陣哽咽。

我甚至不用細讀他們的軼事，已經想到素描。他們的臉孔這樣標緻，充滿勇氣，一瞬間我被他們臉上的故事感動。

——費列雪談湯姆吐傑、丹佛米斯、特黑索邦克

人的臉孔也可以盛載雨露風霜。

原載《大頭菜文藝月刊》二〇二一年十一月號第七十一期

點．激

池塘在智能手機不比防盜眼大多小的狹縫，簡直是無邊際的汪洋，初生的小鴨子撥弄脆弱的掌爪嬉水，活像一片可口的鹹蛋黃。漩渦似的嘴巴猛然在碧波間打轉，小鴨子就這樣被拉扯到塘底，還未趕得及變成白天鵝的候選，醜小鴨功未成身先退。小鴨子不斷在公園的池塘失蹤，逐漸成為都市異聞，要找替罪羊並不難，篤地就是池塘裏大嘴巴的鱸魚，指天還有盤桓在公園上空的紅尾鷹，一名來自「魚與野味」組織的生物學家，想像的範圍更廣，貓、狗、貂、浣熊和白鷺都可以是嫌疑犯。風和日麗的這一天，年輕媽媽攜著幼兒到來公園玩耍，無意間經過現場，目睹兇案過程，趕忙掏出智能手機拍攝，然而幼兒忽然被一隻蝴蝶吸引，踏動小腿追趕，在親情與寃情之間取捨，惟有放棄臨時記者的任務，把智能手機塞回褲袋。事後她在臉書對日起誓，說臨走前親眼看到一條長四尺的鯉魚，搖動著尾翅在池水稱雄。沒頭沒尾的一段錄影帶，套上「殺手鯉」的名堂，放到臉書播映，居然有大白鯊的轟動，獲得一二七〇次點擊、四十名用戶贊好、十一條評論、十七次分享。

殺手鯉無端成了年輕媽媽的夢魘，連續三個夜晚，她夢見自己牽著幼兒的手，來到家居附近這座公園的鴨池塘。幼兒拍擊水面嬉笑，她則掏出智能手機，在社交網絡發放短訊，與新知舊雨交流得不亦樂乎，比打住家工還要忙碌。都說君子乘人之美，殺手鯉偏要當小人，大刺刺從塘底冒出來，幼兒頓時追隨醜小鴨的命運……她驚呼著兒子的名字從惡夢醒來，夫婿睡在身旁，赤裸的胸膛從毛毯裏露出，喝飲著窗外的月光，古銅漂染成乳白色，像堅硬的磐石，然而襯著鼻息如雷，只如一團爛泥，並未能給她提供多少依傍，她嘆了一口氣，從床中坐起，隨手撿來擱在几上的智能手機。無助的一刻，智能手機就成了她的慰藉，按著按著，她居然得到一個主意，要向市政局申請，請求他們派員排乾鴨池塘的水，試圖找出殺鴨的元兇。主意打定，下一次與幼兒來到公園，她故意繞道鴨池塘，察看形勢，在烈日的監視下，卻不見得鴨池塘有甚麼異動。她依然用智能手機攝錄沒有吹皺的一池春水，傳送到臉書，不見底的池塘在智能手機小小的熒幕提供足夠的想像空間，虛幻境界裏似乎出現一條大嘴巴的鱷魚、隨時變色的牛蛙、千年巨龜、獨眼加上患白化症的鯰魚、失蹤少女、有足球場般大小的滑板公園……年輕媽媽附上短柬，向母親族群說出自己的意願，這一次，她得到十名用戶贊好、九位母親的回應、短片得到二百四十三次點擊、一次分享。

申請書呈交到市政局，不到一個月便得到回應，年輕媽媽算是走運了，剛巧市政局打算替鴨池塘進行一個為期四個月的修復計劃，主要是重建破損得接近危險地帶的堤岸，同時防止塘中央的安全島繼續受到侵蝕。年輕媽媽提議排乾鴨池塘的水，自然正中下懷，事情進行得太順利，依然有人覺得唐突，熱血變成狗血淋頭。市長原是自認智商爆棚的胡塗蟲，對普通市民的訴求不屑一顧，背後還不是要靠大財團撐腰。大選後換來一位慈祥長者，倒像是有求必應的黃大仙。申請書寄出後沒有立刻得到答覆，年輕媽媽已經作出最壞的打算，要求夫婿告假一天在家裏照顧兒子，好讓自己和母親族群聯袂到市政局門外請願，示威牌也寫好了，口號包括「救救孩子」、「鴨池塘不是噴血池」、「市政局，你的耳朵收藏在哪裏？」市政局說一聲好，倒像是反高潮，無論如何，收拾閒情，年輕媽媽依然把市政局的回信拍攝下來，絞盡腦汁想出來的標語也不想浪費，都像大字報搬到臉書，起碼給人革命已經成功的錯覺。出乎意料，好消息並沒有獲得太大的回響、只有二百三十六次點擊、七名用戶贊好，沒有評論，自然也沒有分享。

排乾塘水的前一天，年輕媽媽特別忙碌，照顧幼兒進食，為他洗澡，換過乾淨衣衫之外，又從衣櫃裏搬出兩張草坪椅和一個冷藏箱，並且到附近的超市買來冰凍飲料。她已經囑咐夫婿明天請假，一家三口到公園觀看排水活動，難得夫婿爽快答應，年輕媽媽知道夫婿喜歡喝啤酒，算是慰勞，誠意買了數罐，也為自己與幼兒選購了果汁。自從移民到來，夫婿只找到了貨車司機的工作，自己為了照顧幼兒，終日留在家裏，收入有限，應付昂貴的房租外，還要儲備費用將來為幼兒供書教學，生活拮据，平日難得有娛樂，今次到公園消磨一天，算是直播的大型節日。她還與母親族群打賭，看看殺手鯉是否真的從塘底浮上來，為平淡的生活添置有獎遊戲的刺激。天氣燠熱，照顧幼兒睡午覺後，年輕媽媽推窗，讓涼風輕輕拍打她的臉，窗沿停著一只小蟲，穿過城市的塵埃到來休憩，透明的翅膀在風中微微震抖，孤獨而美麗。年輕媽媽平日廢寢忘食留意手機裏的活動，小蟲的舞動反為顯得不真實，她寧願把智能手機瞄準浮游在乾冰裏的啤酒瓶與果汁瓶，傳送到臉書，這次她得到一百九十九次點擊，沒有分享，六位母親互相提醒，下一天在公園裏會合。

臨時卻只有三位母親到來助興，塘邊圍觀的倒有九十多人，默默看著公園的工作人員，穿著長筒防水靴，戰戰兢兢涉足走進塘裏，灰黑色的橡膠在水中若隱若現，混雜在銀色的背鰭間，倒像剛遷徙到來的鰻魚。工作人員揮動著魚網，動作勤快，遠看頗像田野間有節奏地刈草的農夫，可是除了淤泥，他們卻甚麼也撲捉不到，一時慌了手腳，像無助的羔羊，躺在地面，四腳朝天亂踢亂蹬。年輕媽媽的夫婿本來穿著短褲球鞋，向旁邊幾名年輕人打了一個眼色，脫去球鞋，都自告奮勇踏進塘裏，拍擊水面，徒手捕捉，嚇得水裏的游魚隨處奔竄。整個上午，工作人員與義工同心協力，像拔草般從鴨池塘抽出一尾尾鯉魚，很多條魚身都超過兩尺長，嘴巴卻不致開闊得可以吞噬小鴨，黃昏將至，混濁的綠色池水逐漸抽乾，始終不見殺手鯉的蹤影。年輕媽媽很是失望，一場到來，不想空手而去，習慣成自然，舉起智能手機拍攝。剛按動錄影鈕，嘩啦一聲，無數雜物像嘔吐般從手機的熒幕湧出，包括空啤酒瓶、棒球帽、肉豆罐頭、橙色的標杆、嬰兒紙尿片，還有一件玩具，可不是年輕媽媽找了整年的撥浪鼓？

收錄於《花已盡：十人小說選》

可以燎原

以為只是屬於傳奇裏的情節，有一段時期她卻果真被同一個夢纏繞，就像定時有人上門討債，夢境也從敲門開始。她獨自在廚房準備晚飯，寓所的門扉倏忽砰然作響，進步到手機也會歌唱的年代，仍然有人不懂得拜訪的時候按門鈴。透過防盜眼，她瞥見一個邋遢的中年漢子，長髮打結，衣衫披掛在竹枝般的身軀，恍似快要抖落的葉。打開門縫，她詢問來意，中年漢子默默遞交一根羽管筆、一瓶藍墨水、一卷羊皮紙，她便開門讓他進屋。中年漢子抓著癢説要洗澡，她放了一缸水請他自便，出來時她送上一碗肉湯，中年漢子也遞來一碗水回敬，卻像剛從洗濯過的浴缸舀上來，泥黃的水泛著油漬，還浮動著蟲屍。

她大惑不解，中年漢子開口說：「你可是真心幫助貧民？」她點頭稱是，中年漢子咄咄逼人地說：「如果你是真心，就喝下這碗水吧！」她退後兩步問：「你是在開玩笑嗎？」中年男子大為震怒，把水潑到地板上，疾言遽色地說：「我是繆斯化身，早知道你假仁假義，特來詛咒你的家族，世世代代與文字絕緣。」醒來時，她依然感覺口腔一股乾澀味。

她不是鑄字的人，回憶卻從文字開始。

把床邊故事比作鎮靜劑似乎言過其實，對於像她這樣一個六歲的小女孩，更貼切的比喻是搖籃曲，臨睡之前若未收聽，簡直不能成寐。也不用扭開收音機，燈泡躲在罩下有若微弱的篝火，平時嘻皮笑臉的父親改換莊重慈顏，像遠道而來暫住的世叔伯，陌生中帶點熟稔。他捧讀的書像記事簿，彷佛筆錄他流浪時的所見所聞，一次又一次，這就闖進童話國度。總是湮沒的城市，星期日的街道蕩漾著鏗鏘的聲響，掛在城樓的鐘像耳環在風中搖曳，不時宣佈城市的監獄，又有一個囚徒問吊。走得倦了，踏進荒廢的酒店，去年夏天的枯葉在腳下旋轉，酒吧櫃枱點綴著蜘蛛網，攀上二樓，木梯嘎吱作響，走廊盡頭的房間，乘人不備推出一個手拿燭台的男子。調換口味，有時他們又會探訪一位老華僑，修補的襪子在洗滌槽上晾乾，窗台擺放一隻玉雕的葵花鸚鵡，錦緞的月曆繞著銀龍，雙翅展開如帆。驀然一聲呼喚，博物館的辦公室轉化為森林的幽徑，沿途而下，通往開闊的河谷。雪在遠山含笑，山下浮現一個馬鞍形的綠湖，溪水下傾，湖面顫抖，繞著湖畔的黃蘆葦垂頭喪氣，似中了毒。小溪流過健忘谷，傳說一個老人到來尋找金礦，臨場忘記位置，這就失了蹤，以後再沒有人知道金礦所在。山洞裏傳來響板，似雪橇滑過，無數玻璃精靈收集水珠，紡織成光滑的冰片，沿著洞頂的水柱滑下，像玩公園的滑梯……她愛扭著心愛的小枕頭，隨時把玩著殘缺的枕角，舒適自足，父親念的故事大同小異，總是兩個少年，一男一女，或是把失落的金球果歸還原主，或是替老華僑尋回失蹤的女兒，凌亂的生活又恢復秩序。這就是她心目中的探險。日常生活離不開家與學校，床邊故事像一條通往遠方的碎石路，引領她感染世界的豐盛，只要最後歸家，沿途的崎嶇都是值得的。

聽故事的總是他們四兄弟姊妹，姊姊和她睡在同一張床，哥哥弟弟在對面碌架床的上下層，父親的聲音像架在兩張床間的橋，他們也就全神貫注。一年夏天，還多添一位聽眾。祖父母到來探望，他們住在大島，與市區只有一海之隔，大可以經常見面，也不知道都市人果然事忙，還是疏懶纏身，每逢佳節才偶然加倍思念親人。一家人相聚吃過愉快的晚餐，臨睡前父親不忙誦讀一章節床邊故事，念到兩兄妹遊蕩到深山，她的心底掠過一絲寒意。長久受到屋簷庇蔭，她對深山有莫名的恐懼，大野人之外，天空還會飛舞著妖精和女巫。偏偏就在這個時候，臥室的門旋忽然轉動，門開處，現出一個銀髮女子，霎眼間紙上的女巫彷彿誤闖現實生活，是她第一個發現的，風沙兜口兜面吹來，她感覺臉上一陣疼痛，「呀」的叫了一聲，躲進姊姊懷裏。燈光映照，進來的原來是祖母，一張惶惑的臉轉為火辣，祖母瞥見父親手捧的封面，向大家扮了一個鬼臉，坐到窗前的木椅，洗耳恭聽。當晚父親念的是《金球果》的故事，他這樣念其中一段：「阿斌與露西躑躅到山邊，白樺木間，溪澗奔流成一道低矮的瀑布。露西喜歡到這裏來，流水爭先恐後聚成水泡，發出細碎似銀鈴的聲響。春天的時候，地面還會散發忍冬花的幽香，黃色的紫羅蘭屬在粉紅的酶笠草和深紅的拖鞋蘭間脫穎而出。但這時是九月，黑土上只散佈著乾枯的藤葉，露西到溪邊掬一掌冷水，一件東西卻吸引她的視線——傾斜到一邊的檻木上，有些甚麼搖搖欲墜，捧在手中，她覺察到這是一個松果，不是深沉的棕色，出奇地金光燦爛，就像從一株閃閃生光的金樹上摘下來……」她幻想著小說裏的風景，卻又一知半解，有點神不守舍。偷望兩個成人，父親的聲音像海灘的微浪衝激，祖母茫然望向虛空，彷彿被感染了，神情出奇地凝重，一忽兒點頭說好，下一刻又緊咬著嘴唇，充滿悔意。祖母離去後，父親鄭重宣佈，每晚反覆誦讀的七個故事，都出自祖母手筆。

生命裏有時緘默才是金，父親洩露了祖母的秘密，就像批准孩子飯前喝一口烈酒，哥哥姊姊還算應付得來，弟弟與她卻亂了性。弟弟和同學爭持不下大打出手，她也不屑地向密友說：「你又沒有一個會寫小説的嫲嫲。」密友不信，回家後她撿來一本祖母的著作，在扉頁寫上給「親愛的孫女」，並且假冒祖母的簽名。小孩子的字體歪歪斜斜，密友一眼便看出破綻，她始終不能釋懷。那年秋天她殷切期待感恩節，一家人乘船到大島，抵達祖父母的家，門庭突然增高，入屋前有種參觀比華利山電影明星的氣派，見到祖母，還未擁吻，已經遞過紙筆，祖母只寫下幾個字：「我不過是個愛囉嗦的老太婆。」字裏行間的謙遜，當時她還未感染到，只是她沒有再拿著紙張炫耀，一直儲存在身，多年後翻出來看，只覺臉紅耳赤。

知道祖母寫小說，大島的風景在她四兄妹眼中蜕變起來：經過雨水濕潤不斷敲窗的雪松，曾經幻化成鬼手伸進小女孩的夢魘；從客廳另一邊看到的湖，故事裏的男童夤夜划艇橫渡；弟弟最感興趣還是獨翅飛龍：「隔壁住著一位老農，獨翅飛龍就蜷伏在他屋前的井底。」祖母向弟弟單一單眼，四兄妹連忙跑到隔壁求證，只覓得一泓清水照亮四張好奇的臉，回來後難免指責祖母說謊。

「獨翅飛龍晚上才出動哩！」祖母不甘示弱地說。四兄妹決心捱更抵夜戳破祖母的謊言，臨時又敵不過睡魔。翌晨一家人團坐在圓桌吃早點，她抬起頭來，眼光迎著坐在對面的祖父母。記得前幾年祖父的頭髮還是黑色的，祖母卻是一頭金髮，現在兩人都被銀絲覆蓋，令她想到「白頭偕老」一句話，這才是最真切的景象。

別看祖母經常堆著笑臉，她也經歷過不愉快的日子。回來後父親向家人提起，祖母經曾祖父提攜，本來在英國的窮鄉僻壤長大，還在求學時期，曾祖母猝然辭世，夫妻本來恩愛，曾祖父經不起打擊，壯志消沉。偶然的機會讀到新大陸的廣告，免費提供土地給移民，曾祖父決心另起爐灶，遠離哀傷。祖母在英國有自己的社交圈子，生活突然被人連根拔起，很不習慣，在新大陸又沒有良朋，與本地人格格不入，惶惶不可終日。當時祖父毗鄰而居，為家人管理牧場，他是個樂天派，閒來喜歡召集左鄰右里的孩童，縷述家鄉的傳說，祖母的弟妹都是他的忠實聽眾。以前在英國，祖母經常被委派當褓姆，喜歡編造童話娛樂弟妹，好奇心驅使，她也跑到隔鄰旁聽。祖父來自中國，說英語時帶有濃重的鄉音，不易明白，說的民間故事竟與祖母以前編造的故事有很多雷同之處，祖母一廂情願認為這是心有靈犀，兩情也就相悅。結婚後，祖母把兩夫婦的故事糅合自己的經驗想像，寫成兒童讀物，心中的翳悶總算舒緩。聽父親娓娓道出祖母的身世，她再一次感到文字是橋樑，從混沌企圖通往微明。

在她成長的年代，電腦還未橫行霸道，更沒有智能手機妖言惑眾，倒不是活在科技的侏羅紀，客廳的一件傢俬就是電視機，然而家教森嚴，平時不能擅自旋動按鈕。每日做好功課，晚飯後倒有兩小時可以親近電視節目，臨睡前卻必定聽父親念床邊故事，已經成為生活裏的儀式。時光荏苒，哥哥熱衷觀察星象，姊姊開始趕赴男友約會，少了兩個聽眾，然後父親進醫院做前列腺手術，出來之後需要靜養，念故事的儀式完全終止。上中學後，她倒會翻一些閒書，也不過是從《愛麗絲夢遊仙境》過渡到《霍比特人》，偶然經過走廊的書架，看見祖母著作的七本書整齊排列，隨手抽出一本翻閱，發覺封面與插圖像過時的衣裝，書頁飄散著潮濕房間獨有的牆面發霉的氣味，隨意讀幾句：「身為女子，她已算做得不錯。」、「她還是返回廚房做家頭細務，讓家中的男人幹大事。」祖母依然服膺父權社會，千禧年剛過，有點刺痛她無拘無束的婦解視野。記得祖母曾經謙稱自己是個愛囉嗦的老太婆，這時果然可以借用過來形容她的文章風格。文字印到紙張，一生一世，以為銘記心底，誰知道竟如時裝，藏進衣櫃一段時日，抖出來對比流行雜誌，已經是月下貨。她意興闌珊，趕忙把祖母的著作放回書架。走廊旁邊有一個窗，視野穿越前院的樹，可以看見熙來攘往的車與行人，悄無聲息，童年已成歷史。

儘管她最終把祖母的著作束之高閣，始終懷念父親念床邊故事的日子。一年到頭，有時外面暑氣逼人招致蛙鳴蟬噪，有時寒風凜烈弄到樹抖花落。兄弟姊妹圍攏在父親身旁，聽他念誦，縱使平凡的字句也轉化為詩，一家人彷彿受到文字洗禮。祖母的兒童小說不算是驚世巨著，始終與文字結緣，父親是她的獨子，似乎也繼承了她的香燈。他並不熱衷寫小說，閒來卻喜歡吟詩，投稿到報章雜誌，多是石沉大海，偶而一次被接納，他喜孜孜地捧著發表的作品到廚房找母親，柔聲念給她聽，從她眼神流露的陶醉，那一刻母親似乎對父親最愛戀。詩人的路途似乎比小說家更崎嶇，從來沒有聽說父親的詩曾經結集出書，但這並沒有妨礙他的詩興，還把情趣滲入日常生活中。遇上子女生日，或是聖誕佳節，父母熱誠預備禮物，隆重地用花俏的紙張包裹妥當，父親循例附上一張小小的字卡，用幾句詩略為描述禮品的內容，未拆禮物，先讓子女猜度，漸漸成了父母與子女的遊戲。禮物隨著歲月被磨損，字卡還在，兄弟姊妹戲稱它們為「詩卡」，好多張她都小心收藏。

家族與文字的緣份似乎來到父親一代便終結。兄弟姊妹四人都不見得會成為作家，小時候提起作文，她頓時感到頭昏腦脹，老師議下題目，回到家裏搜索枯腸，始終找不到頭緒，一管鉛筆比擔挑更沉重。功課還是要交的，勉強拼湊一些字句，請父親修改，他頓成文字醫師，料理她文章的弊病，斷句像單身男女在字裏行間流浪，最好用連接詞撮合姻緣，若要表達差不多的意念，不用穿著同樣的字句，可以改換新裝。老師讀過她的文章後並沒有驚喜，起碼寫下行文流暢的評語，給她不過不失的乙等。她從父親身上學到兩度板斧，在同學面前舞弄，居然大受歡迎，尊稱她為文字按摩師，酬勞可以由一片口香糖進展為一頓午飯，有一次作文的議題是「我的志願」，她索性寫下「出版社編輯」，思路居然頗為流暢，以後就循著這條直路走。考進大學，起初四年攻讀文學，順利得到學士銜頭，繼續攻讀碩士，她專注於出版業。祖父母依然住在大島，繁重的功課令她幾乎把祖母忘懷，因緣際會又把她們連繫在一起。

大學課程總會提供一張書單，入讀碩士的第一年，她選修「兒童文學」，教授指派必讀的論文裏，其中一篇正題為「提燈女郎」，副題不是南丁格爾，寫上她祖母的名字，探討她祖母的想像世界。碩士講壇的坐席不像學士那麼浩瀚，初進課室，看見一張張陌生的臉孔，依然感到有點暈頭轉向，不意看到祖母挑的門前燈，令她忐忑的心稍為感覺安頓。文章劈頭第一段，就說她祖母是新世界裏認真寫作兒童文學的第一人，家居用來插兩株薑花的銀瓶，底足原來印有綠釉書黑彩雙方欄「乾隆年制」字篆書款，有點受寵若驚。文章作者繼而層層深入祖母獨一無二的寫作風格，節錄如下：「她的想像世界並不多妖魔鬼怪和武士公主，也不像格林兄弟的童話般耽於人性的黑暗，她感興趣的是依然鮮活的傳奇，儘管人物虛構，還是可以在現實找到根基。世界苦難重重，可說是一波未平一波又起，她始終對人充滿信心，在她構築的理想國，每人都要接受自己的社會責任，甚至寰宇身分，只有重新肯定基本的文化特徵，才可以解構這世界。在她的故事裏，好與壞並不像楚河漢界般壁壘分明，角色總是徘徊於黑暗邊緣，容易犯錯，經過一段時日的孤獨隔離，終於接受自己的身分……」短短的十一頁紙，翻閱時她卻感到上氣不接下氣，童年時代聽父親念祖母的故事，彷彿徜徉在寺院旁的清幽小徑，誰知道拾級而上，一路向天，可以通往大雄寶殿。作者更引用幾段祖母的話，其中幾句是這樣的：「我不知道自己為甚麼流淚，想是鼓的緣故，鼓聲與你說的話相悖——擁有它自己的語言，不斷說你感覺憂傷，永遠不肯心安，因為你曾經是個狠毒的人。」她應該聽過這段話無數遍，向來在她童稚的心靈沒有留下烙印，在這裏再次拜讀，突然觸目驚心，就像突然領悟到以前在電視聽到一段賣啤酒的廣告音樂，原來是莫扎特第四十首交響樂的開場白，而且帶有暮鼓晨鐘的效應。

文章愈來愈寫得冠冕堂皇，學者開始提到用犧牲與奉獻來換取秩序，只有認識自己才能得到自由，祖母提燈照亮的是人類靈魂的秘密……她感到有點不勝負荷，或者這就是學院派論文的流弊，喜歡用懾人的字眼粉飾門面，推窗內望，只見家徒四壁。讀罷論文，祖母的小說在她腦海閃了一閃，復歸黑暗。數年後重新對祖母的小說發生興趣，並且想到用來做畢業論文的題材，緣於與童年密友的團聚。

説是童年密友，也不過是從幼稚園到小學的數年光景。那段日子兩人出雙入對一如姊妹花，上學時固然相約步行回校，放學後，在家長陪同下，也經常到冰果店吃冰淇淋，兩人當然沒有到達推心置腹的地步，說的都是課室裏的蜚短流長。中學後兩人考進不同學校，也就各散東西。人與人的關係就是這樣脆弱，儘管曾經零距離接觸，過後也如春夢無痕。她正忙著應付碩士課程，不意有一天接到童年密友的電話，她被功課壓得透不過氣，對方報上名來，居然不懂得對號入座，隔著智能手機通話，依然感覺到彼此的靦腆，彷彿其中一方已經移民他鄉，再不熟悉身邊的人事，其實兩人住在同一城市，只是各有各忙。

也是無事不登三寶殿，童年密友的母親患了乳癌，彌留之際，透露一個心願。小學時在課堂裏聽老師念《獨翅飛龍》，深深被吸引，當時向自己許諾，將來要親口念給子女聽，等到生兒育女，卻又忙於家事。生命快到盡頭，才想到還有一樁心事未曾了結。童年密友是長女，母親委派重任，要她把《獨翅飛龍》找來，念給自己和幼小弟妹聽，童年密友到書店購買，三十多年前印行的書，早已絕了版。到公共圖書館查詢，尋得一本，卻是參考書，不能外借，童年密友突然想起她就是小說作者的外孫女。

可以說時間是殘酷的，總愛把舊事埋藏，經童年密友提起，伯母的臉容才像一輪明月，在記憶的水缸面逐漸浮現。小時候密友與她面對面吃冰淇淋，伯母與母親就坐在身旁，也相對著談天說地。伯母聲如洪鐘，又容易被母親逗笑，冰果店裏，要算她們這一桌最生機勃勃，臨走前伯母總搶著結賬，這樣一位樂天的人，想不到未能善終。當下她義不容辭打電話向祖母叩問，祖母在閣樓翻尋了一會，找來僅存的碩果，因為是孤本，有所猶豫，然而躺在書箱裏最終還是餵養蟲豸，倒不如供諸同好，速遞寄來。她與密友先約在冰果店緬懷舊事，再去探望伯母，她把郵件原封不動遞給密友，拆開來看，封面套已經遺失，橙黃色的書皮沾染著深藍的墨水漬，書脊更斷成三折，祖母依然煞有介事在扉頁寫上密友幾姊弟的名字，附加一句：「希望你們永遠相信文字的魔力。」記得小時候，她曾經假冒祖母的簽名，今次總算正式傳遞祖母的手跡。握著孤本，密友滿懷感激，她想起自己曾經一度對祖母的文字失去信心，再一次感到羞慚。

畢業論文取名《新大陸出版兒童書籍面對的一些痴結》，用祖母的小說做研究對象，可算是贖罪。哈利波特一系列暢銷小說未風靡兒童甚至成人讀者群之前，出版兒童書籍彷彿陷入幽暗的洞穴，摸索著找不到出路。之前省政府成立皇家委員會，回顧出版事業的歷史發展，審視當前的問題，展望將來的潛力，彷彿高舉一把火炬引路。在報告書裏，皇家委員會自詡為「作者與讀者之間不可或缺的接口」——interface，她記得電腦行業也用這個辭彙，銲接兩道裝置的電路，可以讓數據從一種代碼轉換成另一種代碼。她就是對這個接口感興趣，倒考慮到研究層面廣博，概括就算準確，也未能應用到特殊事例。牽連祖母，她決心集中研究這位兒童作家與出版商、插圖人和讀者的關係。

拿至親做寫作題材，說來容易，資料都擺在眼前，似乎唾手可得，有如探囊取物，實踐起來卻是障礙競走。每個人都有私自的空間，就算至親也未必歡迎參觀，她料不到布囊都用針線封口，需要找來剪刀逐一割斷。祖母就從來沒有親口縷述自己的身世，都是經過父親口中輾轉傳聞，也不知道多少內容已被他增刪潤飾。為了撰寫畢業論文，她決心與祖母親自交流，相信祖母為了她的錦繡前程，必會樂意幫忙，一切和盤托出。當下規規矩矩坐到書桌前，寫了一封長信，先向祖母請安，再申述這三年來修讀出版事業的愉快經驗，眼看畢業在即，請祖母提供自己的寫作經歷，好讓她順利完成碩士課程。隔了一段時日，祖母才回信，並沒有特別興奮，而且避重就輕，說自己算是幸運，十六年來出版了七部小說，都是已知的事實。對著薄薄的一張信紙，不知道怎樣盛載論文一萬六千字的重量。

為了交功課，她勉強披上乾濕褸反串福爾摩斯，厚著臉皮寫信向出版社追查。出版社倒慷慨，寄來一張書單，列出所有作者曾經遞交的書稿，於是她知道祖母的滄桑史，出版第一本小說之前十多年，遞交的書稿都被退回，祖母倒沒有氣餒，再接再厲，終於獲得出版社青睞，正式出版第一本兒童小說。說來祖母也三度易稿改了三次書名，才被接納。印行過三本小說後，祖母得到傑出兒童作家獎，這個獎項既是祝福也是詛咒，似乎把她局限在兒童文學的領域，後來幾次她想向成人文學進發，幸運已捨她而去。更致命的一擊，是出版過七本兒童小說後，祖母繼續撰寫五本以兒童為對象的小說，全部被退回，猶幸祖父母寄居山區牧場，生活簡樸，不用經常顧慮金錢，寫作不過是滿足心靈的想望。種種蛛絲馬跡像七巧板，她嘗試拼湊祖母的寫作生涯，堆砌到一個大概，她對祖母添了一份體諒，料不到寫作的道路可以這樣崎嶇，難怪祖母不想重提舊事。想像祖母三番四次收到出版社的退稿信後，再從郵差手中接來新的一封，要拆開來也需要勇氣。她孜孜不倦地打破沙鍋問到底，無意中倒像觸痛祖母已經結疤的傷口。

父親知道她用祖母做研究對象，也亟欲提供資料。說到祖母寫作的全盛時期，他曾經充當司機，護送祖母到學校和圖書館朗讀作品，祖母曾經有過一天訪問三間學校的記錄。從禮堂出來，小學生如影隨形，像門徒追隨講解哲理的蘇格拉底，七嘴八舌，無論是睿智的見解，還是愚鈍的發問，祖母都耐心地回應，上車之前，幾十張小嘴巴逐一向祖母吻別。那時節她的論文已經到了編纂索引的階段，父親的追憶縱然美好，也再不能為她的題旨證明甚麼。事實上在祖母坎坷的寫作生涯，這些軼事會為祖母提供一點撫慰，抑或最終都是蒼白的夢？

撰寫論文期間，她感覺心裏的一團火熾熱地燒，很想為祖母呼冤，不禁再去信出版社，說是查詢，更像指責。祖母既然得過獎，業界都承認她是一位具有份量的作家，為甚麼出版社只談商業，不肯再給祖母機會？出版社耐心地回覆一封長信，解釋業內的情況，令她感覺自己始終站在門檻，窺探場裏的風光。

對比成年人的作品，兒童文學不一定負擔改變世界的使命。兒童讀者通常不能長久集中注意力，喜歡讀的小說善惡分明，節奏明快，他們並不介意內容粗枝大葉，對心理分析和哲理反思完全沒有興趣，無論事情怎樣糟糕，總渴望大團圓結局的安慰。從這幾方面看，祖母的小說都能做到。然而社會漸趨複雜，日常生活也有所改變，家庭裏可能出現吸毒的父親酗酒的母親，離婚率遞增，兒童在家裏或要面對單親父母，回到學校又受到恃強凌弱同學的騷擾，若要引起他們的共鳴，就要反映這方面的現實。回看祖母的作品，始終向荒山野嶺打主意，發掘古董、追蹤尋寶地圖、緝拿兇手、追捕銀行劫匪、得到一匹馬做聖誕禮物……還是不能擺脫十八世紀冒險小說的範疇。再看祖母近期的小說，只不過重複過去的模式，失卻華彩。祖母也嘗試為成年人寫小說，內容更是表面化，拒絕探討問題的核心，看似浪漫，其實固步自封。出版社拒絕接收，並不單是一個「利」字可以解釋清楚。

畢業後，她榮登編輯的寶座，彷彿風車輪轉，坐到書桌的另一邊，重新思考寫作這回事。《哈利波特》之後，很多兒童作家的著述動輒就是數十萬言，印出來像一塊磚頭，霸佔著書架的位置，卻不見得有世界名著萬馬奔騰的氣勢，翻揭書頁，只覺飛沙走石。她由是領悟到編輯的任務有如裁縫，若要製作一件稱身的寶衣，需要大刀闊斧剪去多餘的布料。說來容易，一些兒童小說作家的產品暢銷後，感覺寫出來的每一個字，都有斤兩，像刻在石板上，不肯輕易動搖，周旋在他們之間，也就大費周章。她想到一向謙虛的祖母，忽發妄念，想邀請祖母再寫一本小說，自任編輯，兩人坐在一起，分析角色，斟酌多餘的文句和標點，希望以自己有限的學識，幫忙彷徨的祖母納入正軌。意念萌生之後，卻被俗務纏身，真有機會親口提議，卻是在祖母病危的片刻。那天父親來電，說祖母得了急病，送進醫院接受手術。放工後她趕到醫院，祖母做過手術，精神尚算飽滿，與家人逐一寒暄，輪到她時，握著祖母的手吐露多日來潛藏在心中的想望，祖母果然興致勃勃。還說出院後立刻動筆，她端詳著祖母一雙纖巧的手，儘管已經佈滿老人班，卻曾經編織出一段段美妙的文字，不禁嘖嘖稱奇。駕車回家時，天際閃耀疏星，她想到以前有人將祖母比作持火把的女郎，心底的一度空間刹那間被燃亮。正感溫柔，遠處的一點光忽然熄滅，她打了一個寒噤，暗覺不妙，果然下一天便接到祖母辭世的消息。

感情這回事真微妙，無影無蹤，卻像一根肉眼看不到的絲線牽引雙方的心結，其中一方因為生老病死的循環無可奈何地離去，另一方再拼湊不出完整的人生。這段描述本來只適用於夫婦，想不到卻可以引申到祖母和父親的關係。在祖母的喪禮中，父親的哭聲最響，以後的歲月就萎靡不振，終日拿著祖母的七本小說反覆誦讀，再也提不起勁寫詩，不夠一年，也撒手人寰。兩母子何嘗不像小說與詩的千絲萬縷，以為小說沒有詩的滋潤會不成氣候，想不到詩失去小說的扶持更缺乏生命。多月後，她執拾舊物，無意中從發黃的信封發現父親的詩卡，停下手腳抽出數張閱讀，其中一張這樣寫：

隨我來
月映時
潭中是雲
雲外是天
天上無端縱橫發光的微塵。

父親只是市政府填土廳的一名書記，母親閒來到醫務所任兼職，兩人收入不豐，知道大兒子逐漸迷上星象，也節衣縮食訂購了一個天文學望遠鏡，作為他十五歲的生日禮物。另一張卡說：

我自異鄉到來

為你的頸項引證，壁爐的氣温
若是還覺得冷，不如把我
放進手織機，編出夢中日月長。

她這個人粗心大意，駕車時愛把圍巾拋到後座，很多時候埋在雜物之間。有一次發覺圍巾失蹤，打開車門，發狂地把後座的雜物亂扔，還是找不到。無端丟棄母親親手編織的心事，愧對雙親，父親已經冒著風雪出去，在家居附近的溝渠旁把圍巾撈回。父親在說書人外，兼當護守天使。讀著詩卡，兩股暖流自眼角滑落，流到唇邊，伸出舌頭去舔，居然是甜的。

祖父倒是堅挺地活下去，然而他也只是強顏歡笑，一旦想到休息，身體便垮下來。妻兒再不在左右隨傳隨到，四個孫兒女又各自為自己的事業與家庭奔波，老人院還是最明智的抉擇。像託孤般把祖父寄養後，四兄妹來到大島的祖居，為祖父收拾隨身衣物，也商量著怎樣把傢俬雜物拍賣。趁空隙站到露台喝一口茶，湖面飄來淡淡的鹽味，竟似鄉愁。想到多年以前，祖母曾經鎮日坐在露台的藤椅，捧著茶杯推敲文句，如今人去椅空，四兄妹的談笑中都滲著唏噓。杯中飲盡，她負責捧起几上的茶壺為各人加添，走到同胞兄弟姊妹身邊，趁機推敲他們的身世。哥哥是氣象台長，姊姊是護士，弟弟是足球健將，都不是筆耕的人。她終日仿效陶侃，也不過搬動文字，純粹是個工匠，與純文學無涉。祖母和父親相繼辭世後，一個時代似乎也就告終，這天四兄妹到來，喝的是茶，舌尖卻嘗到餞行的酒味，空氣裏隱隱奏著驪歌。

就在那晚，她夢見了喜怒無常的浪人。

也許是基於一種不服氣的心態吧？接著數年，她努力把手中一支筆當作鐵杵，以為只要功夫深，終可以磨礪成針，兜兜轉轉還是不得要領，看來浪人的詛咒真的應驗在他們一家。等到回頭，甚至弟弟也當了一個孩子的父親。這些年來，她對羅曼蒂克的氣氛採取無可無不可的態度，別人對她表示好感，她聳聳肩便讓機會溜走，待得愛情真的像甘露般降臨，她感到自己像出門時忘記打傘，帶點狼狽。一名近日頗負盛名的兒童作家剛與她任職的出版社簽了約，籌備把一系列用希臘神話作為背景的冒險故事包裝成漫畫小說，新近還雇來一名插畫師負責改編。三人日以繼夜開會，數易文稿，一年後推出第一集，她自覺是建築師，剛完成一幢數十層高的樓房。是兒童作家首先提出到郊外野餐作為慶祝，臨時又被瑣務纏身，剩得她和插畫師騎單車出發。插畫師是個未滿三十歲的小伙子，比她還年輕，依然童心未泯，平時的畫作已經頗為刁鑽，日常生活又填滿鬼主意，分明在公路上馳騁，剎那間又不見蹤影，等到她獨自在阡陌間彷徨，他又從樹叢裏竄出，獻給她一束野花。來到湖邊，吃過午餐，插畫師一時興致，脱得只剩一條泳褲，跳進水裏暢泳。她沒有帶備泳裝，坐到樹蔭下，閉眼假寐，陽光從枝葉間漏下來，像兩隻按摩的手，多日來的疲勞洶湧澎湃，弄假成真，果然酣睡。醒來時插畫師赤裸上身曬太陽，偶然打一個噴嚏，不忘在她肩膊搭上一塊鮮橙色的沙灘巾，她感到自己被一股暖意包裹，想是他這份細心，儘管以後她多次拒絕他的約會，始終還是應允，一年後還挽著他的臂彎同進教堂。蜜月歸來，插畫師還在輕扯鼻鼾，她倚在床邊遊目四顧，注意力落在牆上掛著的新婚照，不是用相機拍攝，而是插畫師親手素描，卡通造型，卻完全捕捉到兩個人的神韻。毫無緣由她又想起浪人的詛咒，筆桿已經遙不可及，然而插畫師銅版蝕刻的筆觸，又使她對未來充滿信心。

果然如魚得水，結婚十月，已經懷胎。別人害喜是孕期第十六週前的噩夢，過後依然挺著大肚子支撐到臨盤才申請產假。她的夢魘持續，出版社趕著發行又一本漫畫小說，她不好意思撒手不顧。然而胎兒有自己的主張，每次開會不夠十五分鐘，迫她說聲抱歉，掩著嘴巴急步趕往洗手間，回來時，雙眼佈滿血絲，嘴裏散發熏人的腥氣。坐下來聽取別人的意見，剛想發言，胎兒又再干預。這倒是始料不及，以為工作已經把她鍛煉得強硬，身為人母，又被柔弱的一面衝破防線。不想造擾工作，惟有告假在家靜養，胎兒並不放過她，每隔半小時便翻腸倒胃，偶然的一天比較平靜，抽出父親的詩卡細讀，居然分了心，好半天也不用奔走在床第和浴室之間。晚上插畫師歸家，過來湊熱鬧，還在詩卡背後描畫猜想的答案，她想反應，又覺反胃，這當然與插畫師的技術無關，讀詩卡成了兩夫婦產前的遊戲。

思念也是一場捉迷藏的遊戲，以為把心底的想望包裹得密不透風，在不留神的行當倒又泄露冂風，或者這就是心理學家說的佛洛伊德的口誤筆誤，有動機的遺忘？父親辭世，母親神情慘淡，並沒有像父親對祖母般死心塌地此志不渝。生產之後，日間把兒子寄養在母親家，與其說給母親遊手好閒的日子一點心靈寄託，不如直截了當說母親減輕了自己的負擔。她事業心重，分娩後不滿一年，她又急著重回出版社的崗位，插畫師丈夫從旁協助，繼續製作漫畫小說，沒有太多時間留給兒子。一天兩夫婦又忙到晚上七八點，來到母親的家已經差不多九時，母親把三歲的外孫納在胸懷，不是念圖畫故事書，卻為他朗誦一首父親生前在雜誌發表的詩，她若有所悟，母親始終丟不開，父親在她心底並沒有遷居。她實事求是地說：「小孩子怎聽得懂這些東西呢？」插畫師丈夫從母親懷中接過兒子，她幫忙著把雜誌放回書架，誰知兒子卻哭喊著說：「我要！

我要！」她只好把詩作翻出來，重新念一遍。

試圖用「繼承」這個字眼形容插畫師兩父子的關係，完全派不上用場。無疑丈夫不算得是白馬王子，起碼五官端正。不知為甚麼兒子卻長了一個大頭，加上兜風耳酒糟鼻，活脫脫是丈夫筆下的漫畫人物。自幼年起兒子開始偏食，日漸瘦削，身體更加不成比例。起初兒子的身裁還不是大家取笑的對象。實情是長到七八歲，兒子依然拖著祖母的手上學，同學贈送一個「婆仔」的雅號。為了擺脱惡名，兒子爭取獨立，往返學堂由校車代勞，然而一旦想到戲謔，總找到藉口，兒子又給榮封「科學怪人」的銜頭，還不止是呼叫這麼簡單。一天兩夫婦放工回家，看見兒子損手爛腳，五官染有血跡一塌糊塗。追問原由，起初兒子不肯透露，幾乎要動用藤條大逼供，他才哇的一聲哭出來。當天兒子下了校車，給幾個大塊頭同學跟蹤，有人還搶過他的書包，像籃球般在同伴間拋送。兒子在他們中間跳來跳去，要把書包奪回，一不留神滑倒地上，同學索性把他當作一匹馬，不止騎到他的背上，還把他的頭顱按到柏油路說是喝水。兩夫婦到學校理論，校長推說恃強凌弱是造擾學堂的猛獸，防不勝防。校長就像當值的交通警察，飛車在眼前超速，也不懂得窮追嚴懲，他們看到權威庸碌的一面。轉校也不是一朝一夕的事，丈夫惟有向兒子灌輸「不平則鳴」的道理，指導兒子挺起胸膛站起來，兒子默默看書，也不抬頭，丈夫的一番警惕，都是白費心機。兩夫婦決定不再讓兒子乘搭校車，放學後囑咐他留在校園的圖書館，等待他們放工後到來接應。圖書館有管理員當守門大將軍，蛇蟲鼠蟻應該不易溜進來。管理員卻也不平則鳴，一天下午找他們理論，說兒子側頭伏在一本厚如字典的書本睡覺，唾液都滴進書頁，好端端一本書再不能讓讀者借閱，算是被毀壞了。她付過罰款，隨手要把書扔進垃圾箱裏，兒子卻一把奪過來摟在懷裏，她隱約看到封面寫著《世界詩集大全》的字樣。儘管兒子放學後得到圖書館的庇蔭，學校並不能提供盾牌，保護他在小息和午膳時間不讓同學騷擾。兒子變得愈來愈沉默，經常喃喃自語，恍似患上自閉症。兒子就像關在籠裏的彩雀，亂衝亂撞想要出去，就是找不到門路，脫落的羽毛揚起一團迷霧。她沒有開籠的鎖匙，眼巴巴看著兒子活受罪，只覺心痛。

她接獲學校的投訴書，已經是兩年後的事。校方指責兒子一再毀壞學校的公物，已經到了忍無可忍的地步。她追問兒子，換回一副哭喪的神情，仍是慣常的沉默。一天早上她向出版社請了假，再與校長會面，兒子還在課堂，校長也不驚動他，逕自引導她到男童洗手間。左邊的坐廁和右邊的小便器像列隊的衛兵，中間的一扇窗像牆壁穿了一個大洞，滋事的太陽探頭進來，看見坐廁的板隔給人用標記筆寫滿大字。她認得是兒子的字跡，可能年紀還小，字體不見端莊，歪歪斜斜的充滿孩子氣，一個個字卻像一張張嘴，靜心細聽，可以感覺到它們開口想要吶喊。這邊寫著兩句：

浪花拍打岩石，
是想鍛煉一個結實的身體。

另一邊也有留言：

給我繩索把它綑綁，
讓我繃緊的心徐徐舒放。

黑色的字刻在米色的板隔上，像一隻隻搬運得疲倦的螞蟻暫時憩息，又似點點星火，板隔一瞬間亮起來。她聽到轟轟的雷鳴，有些甚麼似乎想從地心湧出來。剎那間她思潮起伏，想到童年時超過一千零一夜，父親低念祖母的故事書，而祖母寫書，原本想治療異鄉人的寂寥，其後父親用詩卡編織親情，童年密友的母親想借祖母的故事追憶逝水年華，自己害喜的日子裏，父親的詩卡像寫給年輕詩人的信，母親向兒子誦讀父親的詩句遣悲懷……她有種想哭的衝動，與悲傷憤懣無關。她舒出一口氣，夢裏浪人的詛咒算是全盤瓦解，她幾乎想要伸展雙臂，擁抱失散多年的親人。

原載《大頭菜文藝月刊》二〇一八年一月總第二十九期

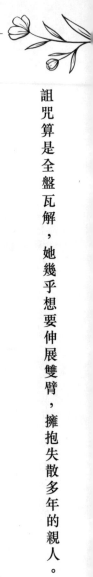

因為沙的緣故

屋子裏飄蕩著腐朽氣息的日子，我不期然懷念那個天朗氣清的午後，依智的臉像一扇玻璃窗，折射陽光璀璨。驚豔的那一年，他還不過十二歲。令他瞠目結舌的是塔里耶森，座落於維斯康辛州的常綠村，一列追求闊度而不注重高度的房子。我們從旅遊車下來，已經聽說河流在附近奔瀉歌唱，還未換過游泳衣，已經感覺心靈潔淨，朝聖不就講究這份心境嗎？臨門的鐵欄柵由兩座石灰岩扶壁護駕，頂放花瓶貌的石甕，依智的心靈這就開了花。住所的主入口還有一個門廊，像撐起一把傘招呼駕車而來的訪客，進門時不用日曬雨淋，主人家的這番心思，又令我們感動。敞向花園的涼廊像魯仲連般拉攏左邊的工作室和右邊的生活空間，傾斜屋頂的蓋板，經過風吹雨打，呈現銀灰，顏色竟與屋旁一棵樹的枝幹互相呼應，外牆的灰泥與水泥攪拌，也露出枝幹的色素。內牆與棕黃色的赭石混凝，悠然透露金光，又與附近河岸的金沙互通款曲。石頭堆疊成牆，更像它們在大自然的岩石架初被發現的模樣。一切原來早有預謀，每個窗戶迎向光線，太陽臨幸，石屋發放明珠的光芒，導遊還加上幾句，屋子故意不設排水簷溝，可以保留簷前冰柱的冬日景象。依智忍不住「嘩」的一聲叫了出來，我也有同樣的衝動，塔里耶森自沙石間脱穎而出，靜坐一隅，真似山岩的一部份。

以為穩固如山岩的家也會磚牆鬆軟，原本屬於中堅分子的依智有如沙石，經風翻側，愈吹愈遠。午夜夢醒，經過他的房門，估量他已入睡，房門卻是虛掩，輕輕推開，迎接我的卻是一床月色，窗外風吹梧桐葉落沙啦啦。依智已經長大成人，當然不用擔心他在外面胡天胡帝，相信又和同行孵在建築公司召開緊急會議。大多數人日出而作日入而息，他卻是一天到晚隨傳隨到，地盤少了一顆螺絲釘也要唯他是問，他完全不介意，永遠展露彌勒佛的笑容。大概工作就是趣味的遊樂場，也就不惜付出全盤心血，甚至赴湯蹈火。他歸家時似乎已是破曉時分，早上起床，再經過他的房門，也要躡手躡腳，好讓他多睡一會。然而中午未至，他的手機還是響起來，一瞬間房內傳來碰撞的聲響，他穿著浴袍出來，到浴室淋浴，回房換過衣服，又要出門。老伴特別煮了一鍋他最愛吃的雞粥，像要佈下天羅地網讓他留步，既想擁抱親情，一分一秒也值得珍惜。他卻無暇消受，灌了幾口咖啡進喉嚨，便匆匆駕車離去，只見門開門合，便分隔了兩個世界。老伴頗有微辭，又不是包辦夜宿兼次日早餐的旅館，長久活在同一屋簷下，為甚麼不能同坐飯桌進食聊天？倒像酒店裏的房客，碰巧在電梯打個照面，大家點頭招呼。想是親情的維繫加上對快樂的縈念，我對依智始終有所寬容，印象已經逐漸模糊，還在心間牽牽絆絆。趁改卷後一點空閒，即管與老伴摸著茶杯對坐，分花拂柳細認紋路。

盛夏的一個黃昏，依智初次表露對沙的熱情。從海濱回來的時候已經沒有太陽，妻照顧依智把泳褲脫掉，發覺左右兩個口袋都盛滿碎沙，正要拿到屋外倒掉，依智光著屁股追出來，懇求妻允許他把沙礫貯藏。整個下午我們在海灘暢泳，依智很少下水，留在海邊，提著膠桶和鏟，築起一座座城堡，海浪絕不留情，興之所至便衝過來，一頭栽進沙堡，毀壞他個多小時的心血。依智嚎啕大哭，我們過去安慰，讓他知道有起便有跌，失落原是生活的一部份。他似乎明白了，海浪再像饞嘴獸張口過來，他學會潑水，因為捉弄了大自然狡黠狂笑。依智把沙石帶回家，說要拯救它們的命運，不讓它們被海浪吞噬，說時帶點英雄氣概，我們就由他把沙收集起來。那年頭我在離島任教，為免舟車勞頓，一家三口索性住在島上，依智搜集沙的機會還多著哩！

兩袋沙逐漸擴展成天井的沙池，是妻與我一手一腳用紅磚堆砌的，太陽經過，金沙閃爍，沙池像一個發光的皇冠。別的孩子多要求家人批准他們養貓養狗，依智的寵物就是沙，混一點泥和水，一隻隻小動物就在他掌心孵育。依智年幼怕黑，睡床依然擺放在我們的房間，沙池就是他的私人空間了。教學回來，妻與我各佔酸枝椅，透過敞開的門看依智在沙池嬉戲，讓沙在指間溜走，或是從左手交到右手，彷彿鑒賞一幅綾羅綢緞。沙聲潺潺，泥污沾得他一頭一臉，似尊小石像驀然活過來。幼稚園的同事過訪，推波助瀾更要點燃他的想像力，說沙的前身是堅硬的石，經過風化，或是海濤衝激，碎成細屑，沉埋海底，多年後被水從海床衝上沙灘，相信經歷不少波折。依智差點沒把沙傾進耳裏，說要聆聽沙的故事。如果問玩泥沙對童年的依智有甚麼薰陶？起碼令他變得圓通，後來他往菲律賓幫忙興建議會大樓，到韓國設計世界盃足球館，接受不同文化的衝激，都能夠適應當地的氣候。

依智也曾經慘綠過。還是青少年，我把他連根拔起，移植到加拿大。他考入大學的建築系，以為自己已經穩操勝券，在新大陸他完全找不到意義、秩序和方向，又不喜歡與人交往。是大哥申請我們來的，還替我覓得教職，我汲汲適應新生活，無暇梳理依智的莽撞。課堂上依智倒遇到一位建築系的講師，儘管嘴角和下巴束滿鬍子，年齡不比依智大，上課時穿一件粉紅色的襯衫。依智還記得那一天，講師著令他們移椅子面朝窗，掀開灰白色的布簾，展露縱橫交錯像十字形的框枝，他只推開左右下方兩扇小窗，外面綠色的風景便被割裂成迷朦的方塊，半隱在玻璃窗後。講師舉起左手，把學生的注意力導引到繞牆而貼的一張卷軸似的建築圖則，十五世紀意大利文藝復興時期的城市廣場，一道道拱門圓柱肩並肩連結伸延，有時候門廊露出穹頂的天藍和內伸的紅牆。依智由是看到建築歷史的源遠流長，一線白光打在白色的牆上，彷彿把依智與大宇宙的法則連在一起，他在日常生活重新找到神聖與尊嚴。他不再預先假設美學意念，學習多發問，少搶著提供答案。

曾幾何時，妻與我也僕僕風塵乘火車到鄰省。移民之後，妻與我就像兩隻疲乏的鳥，枝杈間築起的巢可能略為簡陋，我們也心滿意足地窩居，不想天明。然而依智畢業後，當過幾項小工程的助理，驀然接到鄰省一個藝術家協會的邀請，設計一個常駐藝術家的工作室，落成誌喜，我們怎能不到場鼓掌吶喊？那一段時期依智著迷存在主義，沒有神的世界，有人歡呼，重新撿拾宇宙的秩序。

他服膺希臘的靈智派，相信透過個人經驗獲得的知識，可以超凡入聖。一些東西失去，仍有遺跡。他讀過哈西迪猶太教的寓言，神缺席後人依然感到祂的存在，這個觀念已經惹人深思，他嘗試把這個理念移植到建築裏。此行實在並不冤枉，依智設計的工作室原來是一條船，浩浩蕩蕩從大都會的湖泊航向森林，寄居在恐龍脊骨般的屋樑下，彷彿從《聖經》裏吐出來的諾亞方舟。淺黃身鮮紅底的船與人們心目中的樓房大相逕庭，帶著木紋架在橫樑上，像斬伐下來的樹。妻品嘗過禮堂的小吃，我也喝了香檳，兩人闖進工作室，在床鋪和長桌間徜徉，人來人往，幾乎轉不到身。重新出來，站在下午三四點昏昏欲睡的太陽下回望，木造的船也顯得柔軟，光線逗弄陰影，我們恍如置身一個夢，華納荷索的電影夢。他不是曾經野心勃勃，想要駕駛一艘遊船，從亞馬遜河攀過峭壁，停泊在山的另一邊嗎？當時電影還未數碼化，以為都是菲林的胡謅，依智在現實生活中卻為他圓了夢。

「我把一條舊船改裝，有意盛載歷史，與過去打個招呼。」依智向記者解釋。

「加拿大的建築特色是多用途化和爭取公共空間，你強調私人單位，會不會遺世獨立呢？」記者向依智挑釁。

「加拿大建築的另一個特色，是保留文化遺產，從這個理念出發，你還可以說我是隨波逐流呢！」依智不甘示弱。

獨創抑或保守，船彷彿從天而降，這就在森林的土壤安頓，為作家提供一個安穩的寫作空間。森林開闢一塊空地讓船擱淺，不見枝葉掩映，擴音器卻送來普羅科菲耶夫第一交響樂《古典》的慢板樂章，有如和風吹拂，可以把作家的想像力帶得老遠。迷迷糊糊，我又看到依智坐在沙池，抓來一把撒到半空，落下的細沙都是金粉。

以後我們就成了依智創作過程的見證，每幢新設計的樓房便是他的作品，三四年下來完成一部，彷彿一個難產導演的嘔心瀝血。我們總是急不可待，趕在開幕的頭一天前去參觀，我不一定經常同意依智的見解，也覺得眼界大開。

譬如最近的一次，幢足有八萬二千平方公尺樓房，說是圖書館，我們走進去，看見無數終端機、桌椅、兒童遊樂處，甚至咖啡座，就是不見大量藏書。千禧年後，圖書館的電腦更似引狼入室，遊人進來的目的不是借書，本末倒置，我就頗有微辭。依智卻為他有股份的建築公司辯護：「我們設計這間圖書館，是要為讀者提供一個消閒、研讀和聚會的空間，隨著電子書的普及，圖書館的角色也逐漸改變，不再是書的集中地，更似一個社區。」對我這個守舊的人來說，圖書館不講究藏書，就像徒具外表的別館，然而時移俗易，或者我也應該放開懷抱。圖書館內有大量鑲嵌玻璃，倒為讀者提供足夠的光線，空間的高度不等，都圍繞著一個中庭做圓心。屋頂一個大天窗照明，樓梯扶手就像波浪形的白色絲帶，伴著中庭飛舞，樓梯板非常闊大，如果不嫌足印，攀爬倦了，大可以坐下來休憩一會。依智還說：「空間設計不講究任何形式，是想讓讀者錯覺圖書館是家以外的家。」我們即管來到「客廳」，算是圖書館最精彩的部份，樓面有雙層高，外牆是落地大玻璃窗，館外的廣場一覽無遺。妻說站在窗前看人潮，彷彿佇立船頭，眺望波濤起伏。離開圖書館回望，三尖八角的混凝土牆，在樓宇的北面匯成一個尖角，果然像船舷破牆而出，只是今次不是航向森林，而是市中心。

如果建築業也講究作者論，開拓新領域就是依智恆常的主題。自從船的意象在他的作品裏啟航，算起來已經十多個年頭，我只慨嘆時光流逝，妻卻別有懷抱：「依智將近四十歲，他還未有女朋友哩！」妻也是觸景傷情。圖書館開幕的一天，侄兒侄婦推著嬰兒車到來道賀，十五個月大的侄孫坐在寶座，無袖線衫外的手臂粉雕玉琢，稀疏的髮絲襯得臉孔更圓，咧嘴笑時，唇舌間露出兩隻門牙，稀罕的兩隻，口腔於是像不設防的花園，更是惹人憐愛。妻禁不住把他從嬰兒車抱出來，納入懷中，愛不釋手。幸福一經對比，更覺得膝下蕭條，我也意識到依智獨身的現象，這些年來從來沒有聽說他提到異性。他身裁瘦削，近日還刮了一個光頭，露出兜風耳，配襯他平日愛穿的運動夾克和開領襯衫，三十來歲的人，依然保持二十多歲的容顏。不敢向妻直言，一度我還懷疑他喜歡的是同性，當然在這個同性婚姻合法化的年代，性取向不過是魚與熊掌的抉擇。偶然翻書，認識到 misanthropic 這個字眼，勉強可以譯作「厭惡與人交往」，據說有些藝術家潛心琢磨自己的造詣，一心不能二用，依智似乎就屬於這類型，既然他活得心安理得，我們也無容干涉。妻可不是這樣想，參觀過圖書館回來，開始為依智的終身籌謀，下星期和大哥一家人茶聚，從大嫂口中打探到一位名叫雲妮莎的女郎，還未到爛茶渣的階段，人長得頗為標致，新從香港移民，人生路不熟，有意廣結朋友。從大嫂的手機看到圖片傳真，妻便自作主張，剛巧這些日子依智組織的建築公司又競投一樁新的工程，埋頭草擬計劃書，需要依賴電腦，在家的時候較多，一家三口終於有機會圍桌吃飯。妻趁機提出酒樓相親，含在依智嘴裏的飯幾乎噴出來，奇怪這個電腦科技囂張的年代，還有人開倒車提倡古老的玩意。妻絕不覺得兒戲，任依智怎樣逍遙，也摔不掉親情的包袱。本來乘著木鳶在空中視察巡邏，涼風輕逸，驀然烈日當空，竹木著火，急墮人間。

酒樓沸騰的聲音裏，依智口若懸河地說唱船形圖書館一些複雜的人事。已經千禧年後，人又不在香港，自然再沒有舞榭歌台，如果還有人拉著二胡伴奏，音調應該也是這樣吧？也不是存心打聽，然而自己設計的樓房都如骨肉，寄養人家，閒時想過去探望，看看他們可還乖巧善解人意，接收到的卻是一些蒼涼的軼事：有人伏在小說架旁，呼呼大睡，職員上前提醒，圖書館有「不准睡覺」的明文規定，當事人卻要求圖書館召喚救護車把他送進醫院，個多星期無家可歸，他再無力站起來，更別說走路了；男用公眾洗手間，有人對著鏡子刮臉，剃刀肥皂堆放櫃枱，水花濺得一地，垃圾桶還有他剛用來吸毒的針；本來心平氣和的一天，他就看到一個衣衫襤褸的漢子，提起隨身攜帶的購物袋，猛擊書桌高聲詛咒……大哥一家人都在場，聽得搖頭嘆息，說在臭氣熏天的社區裏築起瓊樓玉宇，有如在瞎子面前跳舞聾人耳畔奏樂。依智可不是這樣想：「這只是隨手撿拾的事例，我提出來，並不是要攻擊這個社區。我成長在優閒的中產階級，習慣用隨身的準繩量度他人的行徑。自從加入建築行業，第一件要學習的工程是拆卸成見，因應環境，重新興建自己的信念。今次投標的工作，其中一個目標是提供流浪漢之家。」

地點是東區一間百貨公司的遺址。他在香港長大，當然不能説這間公司代表他的童年，他和很多本地人傾談，得悉百貨公司是集體回憶，上世紀初曾經遙領風騷，在市民的社交生活擔演一個重要的角色。百貨公司分設多個部門，在紅磚牆髹上白色標誌，販賣五金製成品、工業產品、成藥和在其他地方不易買到的貨物。頂樓整層更是食品市場，每日有廉價食品推銷，百貨公司還設有長者服務，免費為他們送貨，讓他們購物後不用舟車勞頓。食品市場也附設茶座，購物完畢，坐下來喝一口咖啡或茶，抬頭欣賞窗外的車水馬龍，風景本來無分貴賤。聖誕節的櫥窗燈飾更展露特技的進化。起初還只是把幾個穿紅衣的木偶插在模擬雪地的棉花上，張口學唱聖詩。逐漸卻有一列盛載禮物的火車，沿著鐵軌穿過玻璃窗的山嶺，有一年還把《胡桃夾子》的重要場景搬到櫥窗上演，讓無力負擔戲票的普羅大眾也可以分享節日的歡樂，櫥窗裏的鎂光燈就是冬日的暖陽。然而消費者總是無情的，任百貨公司怎樣鞠躬盡瘁，一旦發現另外的吸引，立刻移情別戀。在市郊興起的購物商場有如新大陸，百貨公司頓成鬼域，世紀還未結束，已經關門大吉，以後一直空置。繁華盡散，東區也就沒落，逐漸成為無業遊民、精神病患和癮君子的聚居地。千禧年後，省政府用比市道較低的價錢購入遺址，社會問題惡化，積極分子一度佔領荒居，要求政府提供廉租屋給低收入的家庭，重建計劃就這樣孕育。總共有三家公司競投重建工程，其中一家提出加高塔樓，另一家希望保留原址的大部份，依智轄下的建築公司就倡議修復舊樓，加建一座高塔，同時發展公共屋邨、商業單位、零售商店和大學課堂。

建築不是講究美學嗎？怎麼愈來愈和倫理道德走在一起？陸陸續續，我也聽過依智泄漏天機，一直都想向他提問，總是有所猶豫。這晚聽他說得繪聲繪色，我終於忍不住說出口，立刻給他反駁：「如果我們追溯到古希臘的年代，美學與倫理道德其實雌雄同體，緊密相連，難分難解。現代人主張分門別類，塵歸塵，土歸土，無論是藝術、建築或是日常生活，倫理道德與美學突然分了家，我們硬生生分開兩者，不過顯露科技社會的淺薄，作繭自縛。」說時依智十指緊扣，彷彿五隻代表美學，其餘就是倫理道德。我給依智辯解得啞口無言，沒有氣惱，心頭暗暗湧起驕傲，在我眼中他已經茁壯成長，不再是只會玩泥沙的孩童。依智滔滔不絕，意念在他腦海像走馬燈般旋轉，酒樓的水晶燈高照，他光滑的頭突然像燈泡般亮起來。他說的可能是白日夢，卻是觸手可及的一個夢，我們都有點著迷了。年中一家團聚本為相親，演變成依智的獨腳戲，不要緊，身為女主角的雲妮莎睜著明媚的眼睛，聚精會神，她也成了依智的忠實聽眾。

那是依智和我們相處得最長久的一頓晚飯，以後他不止故態復萌，回復匆匆的步履，而且再沒有留在家裏與我們用膳。一個寂靜得可以聽見窗外蟲鳴的夜晚，雲妮莎開始成了家裏的常客，直到現在，我也不知道她造訪的真正原因。鈴聲響起，妻出去應門，看見外面站著雲妮莎，臉上完全沒有流露驚詫的神色，把她迎進飯廳，加一雙碗筷，雲妮莎便坐下來和我們共同進食，彷彿已經成為家庭的一份子。飯後兩人收拾碗筷，躲進廚房，一邊洗碗一邊談笑。以後雲妮莎來得更早，追隨在妻左右，妻燒得一手好菜，她便靜靜地站在旁邊學習，態度這樣謙遜。有時候和她擦身而過，隱隱嗅到一股奇異的幽香。妻拆掉一件舊毛衣，雲妮莎為她捲線，兩人對坐，話題不多，因為擁有一個共同的想望，彼此不時交換會心的微笑。雲妮莎坐在火爐旁的黃沙發，爐裏的木頭隱隱閃爍著不穩定的火光，像童話世界暗埋著寶藏的山洞，映照到雲妮莎的臉上，顯得有點曖昧。然而她似乎一無所求，依智回家之前，她已經離去。

依智的建築計劃終於贏得合同，未來六年，將會展開龐大的修復加建工程，這應該是意料中事吧？舉行雞尾酒會的一夜，不止大哥一家人到來祝賀，妻還特地攜同雲妮莎參加。然而依智在賓客之間團團轉，和我們搭訕的話不超過十句，更別指望他對雲妮莎青睞了。樂極生悲，酒會的翌晨依智忽然向我們宣布，打算離家自住，覓得新居便會搬走。他特別強調與人無忤，心裏並沒有埋藏厭惡或是怨恨，只是修復工程令他意會到自己一直住在象牙塔內，四面圍牆阻擋他的視野。設計圖則之前，他想深入社區，親身了解流浪一族的實際需要，如果可能的話，更希望和他們共處一段時期，算是為社會公義加添一點詩意。既然在家的時間更少，不如自立門戶。我也明白身處加拿大的青少年，不論國籍，嚮往自由空氣，一到法定年齡，便急不及待離家索居。依智拖延了十多年才向我們開口，已經算是恩賜，乳燕羽翼豐盛後想到離巢，本是遲早的事，下定決心的一剎那，父母依然有點手足無措。我緊緊握著妻的手，算是互相支持，她還是忍不住掉下淚來，依智連忙上前擁抱，她伏在依智肩膊，索性放聲大哭起來。

也不過是下一天，依智告訴我們已經找到居所，彷彿一切早有預謀。並不是整間房搬過去，而是按部就班，打開旅行喼，放一點抽屜的內衣褲，衣櫃的衫褲鞋襪，挽下樓放進車尾箱，與我們熊抱告別，這就駕車揚長而去。回到他的臥室，如果不打開抽屜衣櫃，也不知道大部份的衣物已經掏空。儘管依智再不與我們同住，每天妻依然勤力拭抹書桌的塵埃，為他鋪床疊被，房裏依然殘留著依智的氣息，她就是不肯罷休。奇跡沒有出現，晚上還是雲妮莎如常到來進膳，一夜她忽然告訴我，最近考入了公立大學，英文有點追不上，問我可否當她的補習老師。她離去後，我打趣對妻說，一個甜橙從桌上滾落地面，從此失去，俯身卻拾得半個蜜柑，不知道可是好交易。

依智搬家後一星期便出了事。之前似乎早有預兆，天忽然颳起強風，窗外一株楓樹神經質地左右搖晃，花園裏還傳來倒塌的隆然巨響。電話鈴聲響起，是警方打來，説依智遭人襲擊毆至重傷，需要送進醫院急救。那夜雲妮莎又在我家溫習功課，得聞噩耗，收拾書本，電召了計程車，陪伴妻和我趕到醫院。大家還要在急症室外等待個多小時，才看見醫務人員把依智置放在病床上推出來，送到普通病房。依智頭纏紗布，露出病袍外的手臂也帶瘀傷，他還在昏睡，妻想上前握他的手，我示意她不要騷擾，搬來三張椅子，靜靜地圍坐在病床邊。好一會依智才醒轉，呢喃著説口渴，這些日子依智成了飛翔在空氣中的聖像，想不到也有直升機用繩索把他扶持。妻服侍他喝過水，他又昏昏欲睡，先前妻和我都在打瞌睡，雲妮莎提議我們先回家休息，她會打點一切。下午我們重回醫院，依智又睡去，雲妮莎就著窗外的陽光看書，彷彿從來沒有離開過。我忽然感到雲妮莎像根據聖徒書雕的一尊石刻，總是擺放在醫院裏不顯眼的角落，卻又無處不在。

過了幾天依智精神稍為好轉，斷斷續續交待事情的始末。狂飆的一夜，他專程造訪露宿者陣營，牆上寫滿「無家可歸根本不必要」、「百分百可以防止」、「粉碎資本主義」的標語，他也不為意，只想與他們打成一片。其中一人忽然抱怨，說修復工程都是政治家與發展商的謊言，企圖把低下階層的住客邊緣化，促進市場收益。另外一人附和，說名義上包攬貧苦大眾，實際上要把他們趕出房產市場，最顯著的例子，是原本應允的四百個單位，突然削減一半。建築公司只想為顯赫階層開創更多空間。減少公共住屋的單位，杜絕不同階層和睦相處，說到底，一切都不過是上流社會想要霸佔城市的陰謀。有人開始叫囂「壓迫貧苦大眾」的口號。自始至終，依智並沒有開口辯護，他故意穿著樸素的衣服，卻仍嫌不夠襤褸，一眼便看出他不屬於這個社群，有人還認出他是建築師，矛頭頓時轉向，他成了發泄的對象，見他手無寸鐵，開始對他拳打腳踢……我聽得心如刀割，妻也毛骨悚然，既然外面狂風怒號，她提議他及時趕回家裏躲避，依智連忙搖頭，就是因為他們不明白，他更要用行動說清楚。病房的燈光幽暗，映得依智的臉更是蒼白，他到底還未恢復元氣，說話有點接不上，妻連忙吩咐他閉目養神，他依然喃喃自語，彷彿在說夢囈。

依智出院後，變得神出鬼沒，偶然回家撿取雜物，勉強留下來和我們共進晚飯，已經算是賞光，家裏又重複死寂。雲妮莎倒經常造訪，她在公立大學的其他學科，我幫不了大忙，然而她選擇了一課美國文學，倒在我的能力範圍，有一次她的功課是熟讀費滋哲羅的《大亨小傳》，我本來熟悉這本名著，為了輔助雲妮莎，我挑燈由頭到尾重讀一遍，妻看見我一絲不苟，禁不住取笑，攻讀公立大學的不是雲妮莎，而是我自己。老實說，我對蓋茨璧這位「大亨」並無好感，儘管批評家把他捧得天高，他追求的只是一個淺薄的黛西，反映他的品味。為了吸引黛西注意，他不惜在家裏笙歌徹夜，固然把爵士精神推到極限，窮奢極欲後帶來的不景氣，蓋茨璧也要付一部份責任。雲妮莎可不是這樣想，特別留意到小說裏一盞不起眼的綠燈，細小遙遠。起初還以為是碼頭上的標誌，後來揭曉，這盞蓋茨璧每晚行注目禮的綠燈，原來燃在黛西的家，一直點到天明。蓋茨璧終於接近黛西後，綠燈還了原形，生命裏憧憬的寶貝又少了一件，然而綠燈始終代表蓋茨璧一生的信念，有極樂仙境可以追求的人總是幸福的。雲妮莎有自己的見解，並不強詞奪理，耐心聽從辯證，柔聲指出我的錯漏，氣氛很是祥和。有時候妻也過來，勉強找些事做，坐在沙發編織一件毛衣，分享似有若無的天倫樂。

一天飯後，雲妮莎把一本相簿放到妻的膝頭，以為收藏她的家庭照，翻開來看，都是有關依智的報導，單薄的紙張黏上剪報，增加了厚度，肚皮鼓脹，像懷孕的少婦，也似懷春少女的想望。自從依智贏得修復工程的合約，也贏得記者的青睞，一篇題為〈修復工程背後的建築師〉的文章就說：「依智和當地居民傾談，知道對街一間為家庭服務的合作社。自從子女遷離，居住單位都給單身的長者佔據，他決定在修復工程為長者提供一些非市價的單位，讓合作社可以繼續供應住屋給一家大小。」另外一篇名為〈一位年輕建築師的畫像〉又有這樣的報導：「來到公眾集會，發展商往往坐在後座，靜觀其變，依智總是坐在最前線，吸納人群的焦慮。」毆打事件之後，依智果然坐言起行，跑出街頭與各個階層傾談，關注的對象包括流浪漢、代表他們的非牟利機構、積極分子、本地商人集團、營銷商、大學行政部門、市政廳、租戶……一位房屋政務會委員還加上幾句：「我們邀請了十二名建築師到場，向流浪街頭的青少年提交房屋計劃書，我也在座。議席的另一邊坐著一名年輕女子，刮光頭戴鼻環，其他建築師都聚集到我身邊，惟是依智到來，直接向那女子講解計劃，一眼也沒有望我。」文章還引用依智的一席話：「建築師的首要任務是仔細聆聽一個特定社區的要求，我們的責任是努力確保築起的樓宇符合整個社會最佳的利益。」很久沒有聽見依智在我們面前侃侃而談，近來要聽他傾訴心事，只能透過紙張。日子就這樣流逝，時間也過得真快，轉眼雲妮莎已經從公立大學畢業，考取到最高學府一席位。按理她對名著充滿見解，以為她只對文學有興趣，隨口問她在大學主修的學科，答覆卻是建築，說時眼神怯怯，彷彿作了虧心事。

妻與我都為雲妮莎考入大學高興，心裏卻隱隱感覺到，又有一個骨肉捨我們而去。果然，大學功課繁忙，雲妮莎減少到訪的次數。畢業前的一年，她還申請到依智的建築公司當實習，相聚的時間更少，一星期一次，她倒會打電話來問候，想要知道依智的最新消息，反為來自她的口中。就像主婦憂柴憂米，地盤的瑣事也足夠依智傷腦筋，建築工程有緊湊的日程安排，幾乎要訂下時間表確保零件各就各位，然而在場可以運作的零件只佔一小部份，大多數還在製作階段，小部份甚至還未設計，到時缺乏零件，卻會妨礙工程，矯正錯誤更要大費周章。相較之下，指引支柱的電纜絞作一團，倒顯得是小事。這城市多雨，也影響工程進度，地盤位於市中心，可以貯存部件的空間不多，往往入夜後還要運送建築材料，員工已經小心行事，偶然一根電纜仍然會被損毀，需要更換。塔樓愈建愈高，運送屋瓦到頂層時，竟然發覺起重機伸延得不夠高……聽雲妮莎的報告，就像展讀一部冒險小説，重重魔障，就看主角怎樣化險為夷，雲妮莎以事論事，我們卻逐漸感受到依智內心經歷的曲折，要是以前我們曾經對依智心有怨言，剎那間都煙消雲散。

夏天沸騰的聲音屬於戶外，家裏保持冬日的沉默。然後電話響起，依智告訴我們，他設計的塔樓兼露宿者之家終於落成，等待塵埃落定，他會率領一個記者團，遊走於示範單位之間，約定妻和我也去湊興。到時到候，我特別向學校告了假，和妻在家裏守候。吃過午飯，依智駕車到來接載我們。甫抵現場，一輛旅遊車如釋重負地卸下一批客人，紅男綠女像放生的魚在池塘穿來插去，未倒香檳，喧嘩的人聲已經將酒杯溢滿。依智泊好車後，人潮湧到，把他愈沖愈遠。妻和我站在街角，想到這是全城最破落的地帶，有點心慌，雲妮莎適時出現，緊握著我們的手猶勝口服的定心丸。

站在街角往上望，紅磚牆分門別類寫有鐘錶、燈飾、乾貨、眼鏡、男裝的白色字樣，三十多年前拂袖而去的銀行，二十多年前心灰意冷的藥房和雜貨店都重投社區的懷抱。玻璃門似乎深鎖著一個偌大的廣場，挽起門環一推，輕易便溜進去。這兒一個那兒一個棕黃色的木樁，原來是座椅，角落還有野餐桌，一塊寬廣的銀幕像龐大無比的防盜眼，映照街外的動靜，右下角還架有一個籃球圈，三名身穿T恤短褲的年輕人奔跑跳躍，倒不似是臨時演員。廣場讓四座塔樓圍繞，紅色熨斗形的生財工具是公寓，聽說都已售罄，還有一張長長的候補名單。士多和電影院之上更有廉租屋，附加兒童遊樂場。另一邊有五個演藝中心，包括電影院和劇場。戲肉卻是一幢公屋，專誠提供給單身客與露宿者，百分百政府資助，就算不是免費，每月的租金也極其便宜，卻與出售的公寓享用同一景致同一暖氣設施，只不過公寓的面積是六百平方公尺，這裏的面積則是三百五十平方公尺。故意把兩種公寓混雜，說是控制社區趨向高檔化和貴族化。

依智透過對講機引路，讓我們有機會參觀單身客之家的一個單位。經露台上去，每層有二十五戶人家，他事先安排，一名房客不介意大開中門。大家公用一個冷藏庫，單位裏依然有雪櫃，說是一房一廳，兼備浴室與廚房，臥室擺一張活動摺疊床，日間隱蔽牆上，也有足夠地方走動。依智活用單位每寸地方，我們一家三口住的兩層洋房，簡直是奢侈品。告別時房客送來的一個微笑，教我相信依智先前在酒樓發的白日夢，算是逐一實現。房客關門的一刹那，雲妮莎情不自禁鼓起掌來，依智並不是喜歡鞠躬謝幕的演員，只見他緊皺眉頭。

參觀完畢已近黃昏，塔樓浴在晚陽如夢如幻的光線下，像衣領般漿得筆挺的線條已顯得柔和。記者去後，依智的面容變得似銅像般堅決，低聲向雲妮莎道：「我想和你談兩句。」兩人便離開了。

妻與我在廣場兜了一圈，試著走到海邊納涼，遠遠看見依智倚著隄岸上的欄杆，面對坐在石凳上的雲妮莎說話。記憶中他們面面相覷，還是第一次，我本想走開，妻卻掩不住好奇，牽著我躲到一堵牆後偷聽。

「有幾句話想與你說清楚，謝謝你多年來的好意，然而我一生為泥沙而活，只有在沙塵滾滾的地盤間我才找到自己，我不能作出任何承諾，既然許下的諾言未必可以實現，為己為人，我也不好朝那方向走。我們剛接了一個社區中心的工程，又與東岸商議一個類似露宿者之家的計劃，我實在分身乏術。」依智斬釘截鐵地說。

「你設計的工程，事先可有想著得獎呢？」雲妮莎突然冒出一句，有點文不對題。

「當然沒有。」依智詫異地答，有點不明所指。

「既然這樣，我也不過追隨著心的指引，並不期待回饋，你大可以不必覺得內疚。」雲妮莎笑著從石凳站起來，揚長而去，風翻起她的裙裾，飄飄欲仙。海那邊有一盞綠燈，在夜色中若隱若現。

「看來城市的樓房就是我們的百子千孫了。」我悄悄附在妻的耳畔說，妻回贈一個苦笑。

依智本來吊兒郎當地倚著欄杆，電光火石的一剎那，我們忽然感覺他深情地凝視雲妮莎的背影，猶豫著想踏前一步。

原載《大頭菜文藝月刊》二〇二〇年五月總第五十七期

探病時間

天花板本來就不高，全白的企身櫃站在客廳一隅，橫看就像屋柱，沒有頂天也算立地，有種拒人千里的感覺。可不是嗎？櫃本身又細分為上面四個暗格、左邊四個抽屜和右邊兩個小櫃，活像一樓十伙關上房門，各自為政。企身櫃是業主的傢具，既然分租出來，暫時屬於母親所有，菲傭也就不客氣，把母親的衣物全部放進去。聽説企身櫃本來貼牆而立，數月前初搬進來，大哥大嫂嫌它阻擋窗前流通的風水，著令搬運工人把它橫移，加上母親的床就放在客廳左方，算是給她一點私人空間，企身櫃就兼職當了一堵牆，也有隱瞞的成份。自從舊業主水漲船高，大哥大嫂汲汲皇皇為母親另覓新居，才發覺找房子是極傷腦筋的事，根本母親上了年紀，已經是租賃的禁忌，可能大部份業主恐怕老人家有個三長兩短，挺直身體進屋，橫臥著身體給扛出去，從此招租的吉屋大事不吉，再無人問津。房屋經紀知道住客是老人家，也懶得陪顧客走動，紛紛搖頭說句「免問」。這個業主倒沒有明文規定，房屋經紀依然囑咐大哥大嫂小心謹慎，假裝是住客，等到一切就緒，才讓菲傭扶持母親過去。當然租約簽了一年生一年死，新業主隨時可以變卦，也是兩年後的事，大哥大嫂都不想把眼光放遠。說起來，這個單位只有一間大房一個客廳，因為客廳接近浴室，母親半夜起來走動較方便，就讓她屈居在客廳，大房反為名正言順讓菲傭享用。夫與她僕僕風塵從法國回來，按址找到新居，菲傭開門，還未見到母親，企身櫃就像擋箭牌般推過來，彷彿賞給他們一客閉門羹，內心微感不祥。

淺藍色的毛氈本來好好摺疊在床沿，等待母親睡倒，讓人掀過來搭在肩膊，免她著涼。自從母親足不出戶，晝夜顛倒，白天也躺在床上睡了一覺又一覺，毛氈忙著充當禦寒的工具。這天毛氈卻像企身櫃般身兼兩職，兩夫婦來到客廳的一角，母親似乎預知他們回來，沒有橫臥，挺著身子盤膝坐在床沿，毛氈從頭罩下，只露出額前一綹白髮，人又生得矮小，毛氈幾乎把她整個包裹起來，襯著白色的睡袍，既像襁褓的嬰孩，也像石灰岩觀世音，慈航普渡。雙眼卻無神，睜開的三角縫間露出兩顆灰藍色的玻璃珠，無所觀照。自從記憶力給歲月掏空，本來貼心的兒女都不過是眼前晃動的幻影，他們依然上前執手問候，母親果然說起話來，提到祖母、零食、碎錢和一個不知名的女孩，都是毫無邏輯的瑣碎話語，充滿聲音與混亂，只證明自己張開眼睛說夢囈。在窗外偷窺的陽光徘徊流連，沒有百葉簾的阻隔，猶如一盤熱水兜腦兜臉潑到枕頭上。他們在母親的光腳丫套上拖鞋，扶她到客廳另一角的沙發乘涼。以前母親一見她回來，總嚷著要外出，吃飽了也要坐在茶樓裏天南地北，現在腦袋既是一片空白，再沒有家常可以閒話，兩夫婦陪伴在母親左右，倒有點像觀音座下無言的金童玉女。母親忽然拍拍她的膝蓋，俯耳過去細聽，只錄得「我們幾時回家」六個字。日影本來映照在牆壁，不知何時行走到地板，往昔的歲月，無論陰晴圓缺，都一去不復返，她的心頭突然感到一陣淒惶。

一個鼓起肚皮的膠手抽「啪」的一聲坐到沙發前的茶几上，她本來心神不定，嚇了一跳之後反為集中精神。本來是個瘦身的塑膠袋，從百貨公司出來時攜帶著名貴的衣服，回家後，華衣上了衣架，塑膠袋再派不上用場，給人蹧蹋，廢物都塞進去，身裁逐漸膨脹，像一個發福的中年婦人。這時菲傭站在旁邊，兩相對襯，活脫脫像一雙姊妹花。只聽得菲傭操著不純正的廣東話說：「搬家時你大嫂從床底下找到這些雜物，由我保管，囑咐你回來時檢查一次，沒用的就扔掉。」菲傭愈來愈懂得借刀殺人，分明是自己的主張，卻會假託他人的口發施號令。六年前她初來服侍母親，還有點客氣，近來倚熟賣熟，把笑容像守財奴般銖積寸累，擺出惡家姑的模樣。她與夫都在巴黎的五星級酒店服務，習慣應付布爾喬亞，平時就算不是真心，與嘉賓總是以禮相待，連聲「謝謝」像免費禮物派發。菲傭出身農村，似乎沒有受過這方面的訓練，來到城市多年，依然擺脫不了鄉野人的粗鄙。母親不是善男信女，脾氣反覆無常，菲傭的優點是出奇地忍耐，贏得大哥與夫的同情分。一席話後，夫就笑容可掬代她答謝，菲傭愛理不理，拖動著笨重的身軀，踱步回房，很有鵲巢鳩佔的架勢。

支撐著膠手抽的大肚皮是她求學時期用的作業簿，附有教科書和課外讀物。隔了這麼多年，書脊多數剝落，邊緣也給歲月燒成黑炭，即管翻開來看，原本米色的紙頁已經變成棕黃，書皮佈滿斑點，矚目驚心。書名倒也有趣：《盆栽的藝術》、《生活中的物理》、《今日日本》……還有《李後主詞欣賞》，當時竟有這樣閒情逸致，現在手執書卷，未夠十五分鐘已經呵欠連天，除了身光頸靚的八卦雜誌。冉往下掏，摸到一疊認字卡，是她讀幼稚園初學英語時母親買給她的，穿過悠長的歲月，紙卡發黃，圖文依然足可辨認。她當奇珍遞給夫看，坐在中央的母親卻攔途截劫，趁著光線看了一會，洋洋得意地吐出一個「A」字，母親突如其來的興致給她靈感，即管把另一張卡遞給去，果然母親又認出一個「B」字。接下來的一小時，她和母親便專注於認字遊戲，也算禮尚往來。當年母親苦心買來教材幫忙她學習，到頭來成了協助母親記憶的工具，看到母親興致勃勃，起初她也分享一點快慰，然而，翻來覆去的小玩意始終單調，不久她便略感厭煩。茶几上又擱著一份報紙，等著她報告新聞，一眼瞥見夫無聊地坐在一旁，索性把認字卡交到他的手中，說一句：「你來接班。」一頭栽進蜚短流長的大千世界。

電話卡是這樣一塊毫不起眼的膠片，不比信用卡大，放入手袋裏迅即消失不見，有了它和本地注入碼，拿著外國帶回來的智能手機，挨家抵戶按動號碼也通行無阻。下了飛機她就亟欲擁有，到時拖男帶女般挽著大小件行李，倒忘記機場的商店也有出售。惟有等下一天起來，吃過酒店的自助早餐，乘地鐵到專門店購買。回來後的第三天，她與校友有個聚會，雖說身在外國，透過電郵已經訂下相聚時間地點，身在香港，她依然希望與好友逐一打個招呼，有了電話卡，她便可以為所欲為。說是打個招呼，與每個好友交談的時間超過半小時，夫陪她到地鐵站後便自己訪友，回到酒店她還雞啄不斷，等到盡興，已經日上三竿。肚子又餓起來，與夫到茶樓吃過午飯，才匆匆趕到母親的住所。一進門菲傭便埋怨他們這麼晏才到來，都市裏人手一部對講機閒話家常，以為搭通天地線，最重要的消息還是錯失了。近年母親晝伏夜出，像個打家劫舍的獨行盜。她回港後的凌晨時分，母親又起來闖蕩，在黑暗的屋裏喃喃自語拖著腳步慢走，想是不慎失足，跌倒在地，不能起來。當時菲傭在大房裏好夢正酣，毫不覺察，破曉時分出來梳洗，才發覺大事不妙。幸虧母親無意識地從床上抱起兩個墊子出來，墮下時有軟枕承接，不致撼到後腦。菲傭用廣東話夾雜著難明的英語，言簡意賅地交待了事情的始末，隨手遞過空藥瓶，說這個牌子的止痛膏最有效，大哥囑咐她到藥房購買。算起來，當時離意外事件起碼七八小時，菲傭除了撥電話通知大哥，完全沒有實際行動，一意等她回來收拾爛攤子。她正要與菲傭理論，還是夫充當和事佬，接過空藥瓶，一把將她推出屋外。乘電梯下樓時她方寸大亂，自從母親患上認知障礙症，把她視作陌路人，她逐漸把親情藏進冷凍室。現在隔年回家一次，只像信守諾言，到來照顧一位遠房親戚，既然母親不能外出，每次回來就像渡假。都市裏有太多誘惑，人未到計劃已經一籮筐，陪伴母親只是藉詞。母親突然出了事，照顧她變成戲肉，她就不知道怎樣調整時間。不說別的，明晚的聚會可能便要缺席，一個上午還和眾多好友談笑甚歡，想想只覺掃興，其中一位更邀請她在星期日晚聯袂觀賞訪港的音樂劇《綠野仙蹤》，她自動請纓輪購戲票，看來也要付之東流。胡思亂想間已到藥房，菲傭提議的藥斷了市，小廝倒推薦另一隻止痛藥，說在瘀傷處塗上五六天便會自癒。後來和大哥通電話，她想大事化小，藥房小廝憑經驗的診斷，就成了欽差大臣假傳的聖旨。

倚著牆壁休憩的輪椅摺起來，助行器只得半邊，走起路來也是一顛一跛，就算打開，帆布坐椅下陷，依然給人危機四伏的感覺。然而母親摔倒後，不能自由活動，只好靠輪椅代步。他們勉強把它張開來，企身櫃卻一把擋著去路，離牆壁不夠數寸，輪椅實在擠不進去，惟有勞煩菲傭先把母親扶到客廳。想是疼痛，塗上止痛膏也未曾立刻見效，菲傭移動母親的腳時，母親開始尖聲狂叫，不堪被生命虐待。菲傭的身體愈來愈臃腫，出事後母親倚靠菲傭的軀體借力，菲傭承接不了重量，幾乎也想失聲高叫。兩夫婦只好進去幫忙把母親扶下床，安置到輪椅，運送到洗手間。完事後，她又進入浴室，正要把母親從坐廁拖起來，母親又再叫嚷，也不知道從哪裏學來這低下的技倆，高音在她耳際盤旋，恍若轟炸機，加上這兩天亂了的時間表令她手足無措，倍覺心煩，不禁狠狠地送上一句：「自作孽。」母親自然聽不懂，繼續吶喊呼冤，外傭如常板著臉孔，一雙銳眼卻掃過來，嘴角掀起一絲冷笑，她自覺是放大鏡下的微生物。

止痛膏從紙盒裏溜出來，瓶蓋旋開，一小撮牙膏樣的黏液殘留在膠管的邊緣，一切顯得那麼倉促，彷彿大廈的火警鐘突然響起，日常生活暫停，住客趕著逃生，無暇照顧細節。她用大哥借給她的鎖匙開門，走進母親的新居，一眼瞥見止痛膏橫臥在茶几上，在家裏她習慣把日用品擺放得井井有條，趕忙上前把瓶蓋旋好，放回盒裏，指間沾了濃重的藥膏味，徘徊不去。母親躺在客廳的沙發上酣睡，像個棄嬰，她從客廳走向大房，呼喚著菲傭的名字，卻得不到回應。她有點氣餒，但自我安慰地想，既然母親自己會步出客廳，相信傷勢已經好轉。重回客廳，母親臉孔向內，看不見顏容，弱小的身軀在白色的睡袍下微微起伏，想是熟睡，不想打擾母親，她示意夫張羅兩張椅子，各自坐下。這時她與母親隔兩三尺，卻像分散在海峽兩岸。以前不是這樣的。小時候，每天下午母親都會到來接自己放學，兩人到附近的粥麵店吃雲吞麵，繫念似麵絲。出來謀事後，也經常到母親兼職的寫字樓共同午膳，兩母女如膠似漆。隨夫到法國追尋彩虹後，膠與漆結了一重薄冰，隔年回港的兩三星期，倒又重新擦出一點火花。然而母親喜歡觀賞粵劇，她獨愛流行曲，共同的興趣，也不過是逛商場到酒店喝下午茶。母親不甘在家寂寞，有一次得悉她與夫訂了百老匯音樂劇《窈窕淑女》的戲票，嚷著也要前往，即管多買一張票，儘管言語不通，母親卻看得津津有味，唱到「我可以舞通宵」，還用食指捻碰拇指打起拍子來，幾乎想站起來聞歌起舞。現在母親固然不能歡舞，行動也有困難……這兩天轉涼，母親依然穿著單薄的睡袍，她從大床找來淺藍色的毛氈，輕輕覆蓋到母親身上，母親本來酣睡，忽然大展拳腳，把毛氈踢到地上。她嘆了一口氣，把毛氈放回大床。門外傳來開鎖的聲響，夫一個箭步上前打開大門，把菲傭迎進來。菲傭施施然挽著回收袋，沒有道謝沒有招呼，頃自回房，向著智能手機咆哮了一會，才出來交待。早上母親想要上洗手間，菲傭費盡九牛二虎之力運送一程，再無力把母親帶回大床，暫時擱置在客廳的沙發。她無意爭辯，拿來兩張座椅攔在沙發邊緣，恐防母親滾落地上，眼看聚會時間已近，向夫打個眼色，準備回酒店換衣服，菲傭卻截斷去路，高聲嚷著：「你們可不能就這樣離去，我一個人怎可以照料你母親上洗手間？」

北杏是這樣一顆狀似心花怒放的白色果子，從泥黃色的硬殼脫穎而出，兼有甘苦與酸澀的滋味，而且在《本草綱目》留下案底，含有小毒，意圖謀殺。然而，邀請南杏、大米與它共舞，可以旋轉成米糊，加入蛋白、冰糖、熱水，更可以舞出香滑的杏仁糊。米白色的瓊漿玉液，是她最心愛的飯後甜品。可是，今夜她舀了一湯羹送進嘴裏，只覺淡而無味。不是廚師泡製差勁，而是熱情驟降，就像在經濟蕭條的年代，花上二毛錢坐進昏暗的戲院看歌舞連場的黑白片。

九十分鐘熱鬧絢麗，燈火重燃之後，給驅逐出陽光普照的大街，又要與現實的貧瘠荒蕪相對淒涼，她要面對面的可是感情的蕭條。想到筵席快將解散，未來兩星期不知道怎樣天旋地轉，已經失去食慾。校友的聚會有十年如一日的喜慶，儘管大家失散在時間荒原二十多載，重新聚首，不減當年的熱情。固然現代女性更懂得用化妝品掩飾自己的年齡，衣著也幫了忙，爭奇鬥豔之中帶點戲謔成份。今年似乎流行重歸大自然的主題，一位校友就在晚裝背後吊著一上一下兩個花蕾，另一位校友的衣袖繡有棕櫚樹，衣料比較單薄，披上針織毛衣又掩蓋設計師的苦心，抵著冷氣瑟瑟縮縮，那一刻倒悔恨參加一個全女班的活動，不然夫婿的西裝上衣便可以臨時救駕。她也有備而來，雖然身穿淺綠的套裝，卻會在衣襟扣上一枚玫瑰形的胸針，引來校友豔羨的目光，令她感到自己不致離群。以前一大夥人困在課堂裏，現在各奔東西，都有大好前程。一兩位僑居在美加的小鎮，每日為買菜時節省了一分幾毫沾沾自喜。多位則當上了大機構的CEO，聽她們說怎樣與同事勾心鬥角，迂迴曲折的情節媲美她在假日不眠不休追看的長篇電視劇。不能說誰優誰劣，謠言是人家的，稱意的生活才屬於自己。吸引她的還有一位獨樹一幟的同學，年輕時候喜歡寫詩，現在改寫食經，更開設食肆，把詩意運用到設計菜式上，今夜很多菜餚就由詩人提供主意。她想起自己任職的酒店，附屬的餐廳也供應廣東菜，可是廚師來自上海，烹調的廣東菜一塌糊塗，以後倒要向這位同學多請教，把誤入歧途的廚師納入正軌。大家談得高興，相約過幾天再茶聚，只是母親的健康狀況不穩定，她也不敢作出承諾。本來要去預購《綠野仙蹤》的入場券，總是抽不了身，校友已經捷足先登，還把兩張票子塞進她的手中，她緊握著，想到一切不可預料，回報一個苦笑。

手袋的暗格積累了一大疊名片，不知何時像雪花般飄來，拿在手裏，記憶卻已溶化，熟李變成生張。忘記當初怎麼和他們打交道，趁著母親熟睡，又無心情出外逛街，順便清理一下。名片間卻夾著兩張入場券，記得昨夜散席前校友遞來，當今的入場券都經電腦打印，有種公事公辦的模樣。校友的盛情卻是不容忽視的，按照原定的行程，她自是欣然赴會，母親突然出事，一切都懸在空氣中，校友卻抱持「車到山前自有路」的態度，她只好也希望吉人天相。「你大哥大嫂今晚都不回來吃飯，如果要我煮飯給你們兩人吃，可不要走開，我要上街買菜，你們得看護你的母親。」菲傭忽然像一座黑塔聳起，阻擋窗外的陽光，一副討價還價的神情。說起來，自從回來後第一晚和大哥共同用膳，這幾天都沒有碰過面，即管打電話與大哥商量，他又忙著會議，好一會才覆電：「你大嫂隨上司去了深圳，明天才回來，這幾天我忙著在公司寫報告，今晚也無暇回家吃飯，母親怎樣了？如果明天她的情況還未好轉，麻煩你召一部白車送她進醫院吧，拜託拜託。」哥嫂都是大忙人，母親選擇她回來後才摔倒，一切似乎早有安排。聽過大哥的一段話，一根擔挑驀然墮到她的肩膊，避無可避，她反為感到釋然，她對送母親入院本來帶著哈姆雷特的猶豫，剎那間一切都有決定了。

大廈門前築有四道石階，樓房頓時顯得森嚴，攀上天梯，按密碼推鐵閘，再進電梯，像過了一重又一重的機關，深似海的侯門。平常人出入，當然毫無問題，然而母親不良於行，入醫院時還有護理人員照應，回家時只靠三個人的綿力，實在大費周章，這也是她遲疑的因素。然而下一天她剛開門進入母親的居所，菲傭衝著她嚷：「你母親已經完全不能行動，整晚叫痛，我一個人實在應付不來。」她立刻用智能手機按上白車的號碼。「你母親跌傷，怎麼你等了三天才打電話來？」接線生帶有責備的口吻，她只好用藥房小廝的說話推搪。「你母親跌傷，怎麼你等了三天才打電話來？」救傷車的領隊似乎與醫院的接線生沆瀣一氣，她只好再度敷衍塞責。救傷人員保持職業操守，溫柔地指責過後，便熟練地替母親量體溫量血壓，母親自然大吵大罵，他們依然滿臉笑容，本來只允許一個人追隨上車，也讓夫進去。母親在車床上睡了一會，睜開眼睛四處張望，開始自言自語，剎那間她感到家醜突然披露，坐在三個彪形大漢之間，她感到唯一蔽體的單衣給人撕破，連忙遮掩著說：「別理她，她只不過在胡言亂語。」身旁的護理人員不理會的卻是她，湊上前問：「婆婆覺得怎樣？」

還掏出紙巾，替母親抹去額前的汗，有一句沒一句，竟與母親交談起來。兩夫婦替母親辦理入院手續，坐在大堂的膠椅等候。一個男子忽然坐過來，身裁瘦削，卻只穿著一件開胸的膠背心，露出心口的肋骨，他似乎不肯安定，坐不了一會便掏出手機，咆哮了一會，同時咳嗽，也不掩嘴。如果細菌託付人形，應該就是這個模樣，這也是她絕跡醫院的另一個原因，連忙到接待處取了兩個口罩，遞一個給夫，隨而自己戴上。護士終於把母親安置在四樓左翼的病床，見他們上來，吩咐著說：「你們先回去吧！」她大感詫異：「母親怎樣了？」護士回應：「一會兒我們會替病人照愛克斯光，如果發現髖關節骨折，便要做手術把骨折固定，今天不能回家，傍晚來探病，請帶來一些日用品。」走出醫院，她也不知道應該如釋重負，還是加添擔憂。剛步上天橋，手機便響起來，是醫生打來，劈頭第一句便問：「你母親跌傷，怎麼你等了三天才打電話來？」

雙層巴士作梗攔在路邊，等待交通燈一轉便衝刺，儘管停下，馬達依然發出「隆隆」的聲響似在生氣。她對巴士本來沒有好感，外層髹上熱辣辣的紅色，散發一股霸氣，如果有其他選擇，她寧願乘搭地鐵甚至電車，突然出現在她跟前，真像一支巨型的眼中刺。剛才透過智能手機聽醫生報告母親的病情，接收不好，聲音斷斷續續，像地面一根若有還無的絲線，等待自己上前拉扯。隱約醫生似乎在說，愛克斯光顯示，母親的股骨果然折斷，老人家就是這樣不堪一擊，需要儘快用動力髖螺絲固定，病患家屬須簽署手術同意書，決定全身或只是脊椎麻醉。手機貼在耳際，她夢遊般踏上自動電梯，步入行人天橋，甬道有時陰暗，一會兒又大放光明，就像她對母親的心態，既怨恨母親不安份，加添家人的負擔，然而淘氣受到做手術的懲罰，又同情母親的處境。收線後已經來到巴士站，雙層巴士剛已離站，兩夫婦並不著意，索性張羅其他交通工具，手機卻又響起來。這一次是大嫂打來，說已從深圳歸來，上司批准下午放假，問他們可有興趣茗茶。「你們是否還在醫院外？快上巴士，直達市區，非常方便。」不熟悉的環境對他們兩夫婦就是荒山野嶺，一時間只覺舉目無親，交通阻塞，巴士依然停在原位，既然趕時間，她即管上前敲一敲巴士的門，司機居然慇懃地開了閘，兩人彷彿在月黑風高的夜裏尋到客店投宿，忐忑的心安定下來，對巴士又平添幾分好感。剛在上層找到座位，大嫂又來電，知道他們上了車，說出慣常他們光顧的一間茶樓的名字，相約十五分鐘見面。剛要鬆一口氣，卻見夫婿變了臉色：「怎麼四周愈來愈荒蕪，而且巴士攀著山走？」大嫂長住香港，提供的路線萬無一失，正想取笑夫杞人憂天，看見巴士再轉了兩個彎，風景愈來愈陌生，她才憂慮起來。剛才急著上車，也沒有看清楚車頭的路線指示，連忙跑下樓問，可惜已經太遲，巴士已經到達總站，卻是相反的方向。司機一片熱誠，但是有心無力：「本來可以囑咐同僚載你們回轉，可惜現在是交更時分，他起碼大半小時後才來接班，你們不如另外想辦法下山吧！」她經常做著同一個夢，流落在馬路中央的安全島，兩旁的車輛熙來攘往，就是不肯停下來讓她橫過，安全島也不見得安全，眼看一輛車就要衝過來，本能地閃避，總在那個時刻醒過來。這時夢魘成為現實，黝黑的總站裏，巴士都像重門深鎖的巨宅，拒人千里，這裏又不是法國，走出大路，也不見得可以揚手截順風車。

兩人在自己出生長人的城市，竟然迷了途。在深山亂闖，毫無主意，她不禁又埋怨母親，如果安份守己，也不會陷他們於絕境。神仙打救屬於童話世界，現實生活裏還是要靠自己落足眼力，找到返回市區的路線巴士。手機再響起來，大嫂已經抵達茶樓，正在等位。她唯唯諾諾，不敢洩露自己迷路，怕大嫂囉嗦。收了線後，還要等十多分鐘，巴士才施施然到來，剛上了車，大嫂又再來電，說已找到座位，入門後向左轉。夫與她找到靠窗的座位，欣然看風景流轉，大嫂一再打來，問她身在何處，她胡亂說了一條山路的名字，大嫂叫嚷起來：「怎麼現在才抵達那裏？是不是交通擠塞？」她含糊地應和，儘管她也是手機持有人，倒會適可而止。環顧四周，無論車上或街頭，每人拿著一副長方形的話匣子自說自話，像剛從瘋人院逃出來的精神病患，總質疑他們從那裏挖來說不盡的話題。手機又再響起，看見小螢幕上顯示大嫂的手機號碼，嘴角掀起一絲苦笑，總算明白過來。

眼前出現一幅風景照片，恍似太空船的一座環形建築物從海面躍然而起，再聳出半邊瞭望塔和避雷針，想要接收更多，遠方的海與山有點不真實。也不用踏進場館，左邊一塊巨型屏幕顯示內裏的景象，門前栽種的樹和鋪排的草坪頓時顯得人工化。夫遞給她看的圖片，顯映在他自己的智能手機裏，她回報詢問的眼光，他用指頭一撥，請她看網上百科全書一段介紹文字。平日她最怕用智能手機閱讀，可能受到心情影響，字體總是浮游不定，根本抓不著內容，尤其是在流動的車裏，字體隨著顛簸的巴士跳舞翻筋斗，更覺得眼花繚亂。數碼內容、數碼社區、數碼管理……數碼兩字像營擾的蚊蠅在她眼前飛來撲去，她只好放棄，向夫追問：「你的葫蘆裏究竟賣甚麼藥？」「適才我們迷失的地段，原來就是酷似三藩市矽谷的數碼港。」「你指千禧年後的新填地？」記得數碼港初啟用，熱鬧過一陣子，他們回港時忙於應酬，無暇參觀，喧嘩過後，也就不了了之，陰差陽錯，還是到此一遊。遠離故土，愈來愈像遊客。「過兩天有空，倒要好好到數碼港走一遭。」夫妄想補救，如果在其他時刻，當然毫無問題。自從母親摔倒，散心的意念隨而粉碎，這兩個星期的節目，相信就是在酒店與醫院之間奔波。見到夫一片樂觀，她不禁酸溜溜地說：「師傅真是愈來愈幽默。」

茶樓侍應端來一碟豬腸粉，打開銀蓋繞上豉油，煙霧依然升起，像輕淡的怒意。「奶奶平時腳步平穩，怎會突然摔倒？」大嫂也不客氣，自動起筷。聽罷她說明原委，悻悻然說：「其實今次菲傭也要負一部份責任，我們雇用她來照顧奶奶，怎可以讓她老人家跌倒。」夫禁不住站在人道立場說話：「那時是三更半夜啊！人總要睡覺的。」茶樓侍應又送來一籠蝦餃，聽見夫偏袒菲傭，她這幾天的怨懟就像積累在蒸籠裏的熱氣，一下子都冒出來：「白天也不見得菲傭怎麼負責任，不是躲在房裏對著手機呱呱叫，就是逛街會友。」夫索性當起菲傭的辯護律師：「菲傭每天可要上街買菜煮飯啊！」她聽了更像火上加油：「我們回來好幾天，每次探望母親，不論早晨，還是下午，菲傭都不在家，難道一天要上街買幾次菜？」大嫂打圓場：「其實你大哥和我每天都要上班，不是你們回來，有誰知道菲傭在奶奶家搞甚麼鬼？我曾經提議你大哥在奶奶家安裝一部閉路攝錄機，不讓菲傭知道，卻可以監察她的行動，費用也不過千多元罷了。」夫聽得兩妯娌愈說愈遠，有點啼笑皆非，再不插嘴，自顧自吃起點心來。「自從母親跌倒，菲傭總是埋怨我們不幫忙，每月我們花費四千多元雇用她，倒要當她的助手。」「其實菲傭也過了六十歲，手腳逐漸緩慢，加上體積龐大，也不是照顧奶奶的最佳人選，你大哥卻擔心年輕的女傭沒有耐性，還和這位姑奶奶續約三年。其實我說，索性把奶奶送進老人院，一乾二淨，聽說現在很多政府資助的老人院都辦得很完善哩。」她料不到大嫂心思熟慮。記得以前母親有一個請求，一生不想踏足老人院，除非迫不得已，她不想考慮這條途徑。一時語塞，大家靜了下來，詐作吃點心掩飾窘態，空氣有點僵，還是大嫂打破冷場：「這幾天你們有甚麼節目？」她帶點訴苦的口吻說：「回來後第二天母親便摔倒，今次的節目便是照顧她老人家。前晚倒和校友聚會，舊同學有心，還替我們預訂《綠野仙蹤》的票子，今晚開鑼，看情形只好作罷。」大嫂卻另有主張：「反正奶奶人在醫院，也沒有甚麼事情可做，今晚讓你大哥和我去探望奶奶，你們不妨消遣一下。」大嫂爽快，拍一拍胸膛，這就接過一根擔挑。

樂團在台下演奏序曲的時候，帷幕依然深垂，經風吹過，翻起一陣波浪，有點故弄玄虛。儘管她熟悉《綠野仙蹤》的劇情，電影版本也看過不下十多遍，卻未看過舞台的演繹，始終有所期待。生命不也是這樣嗎？在知與未知之間，我們渾渾噩噩地活下去。序曲似乎洋溢歡快，一開場幾個角色已經發生紛爭，以為躲進劇院逃避塵世的憂患，不料舞台竟是現實的鏡子，並沒有打算在綠野覓得仙蹤，只是這天心事重重，目睹紛爭別有懷抱。然後眾人退去，只剩下小女孩桃樂菲，抱著圖圖小狗，滿懷心事地唱大家熟悉的〈越過彩虹〉：「越過彩虹／高高在上／有一片樂土／我曾在搖籃曲聽過／越過彩虹／天空蔚藍／你敢做的夢／都會實現。」又不是唱她，卻作賊心虛地覺得一顆心被桃樂菲牽引，飄洋過海，旋風未把茅舍拔起，人已經悠悠忽忽飄到法國。老實説，要不是夫與她有夢想，一生人幾乎禁閉在核桃殼裏，自命為擁有廣袤土地的主人。然而既到法國尋夢，留下母親被迫封鎖在核桃殼裏，當孤寂的王妃，「如果快樂的小青鳥／飛越彩虹／那麼，為甚麼不？我為甚麼不可以？」塵世卻總有種種牽絆，迫使她從彩虹上扯回人間。如果當初不決絕地離去，母親的認知障礙症是否可以延遲？目前的困境是否可以避免？母親患病後，兩年一度探望慈母，已經變成必修課，再沒有放在心上。然而年老失憶是一種罪過嗎？倒是自己借探母的名義，只顧吃喝玩樂，敷衍塞責。旋風把家吹起，桃樂菲流落到一個不知名的國度，耳際突然響起救傷車的嗚叫，轉眼已把母親送進醫院，原來母親就是桃樂菲，認知障礙累她離鄉背井愈飄愈遠，自己向救護人員指手劃腳，倒像茅舍外踩單車的蔻治小姐，一會兒還幻化成騎掃帚的女巫。回家需要靠雙腳碰擊兩隻紅寶石鞋，然而母親跌斷髖骨，腫腳可以套上高跟鞋嗎？她滿懷心事地看桃樂菲在新相識的稻草人、鐵甲人和獅子陪同下，找尋回家的黃磚路，愉悅的歌聲聽在耳裏只覺得幸災樂禍。在劇院裏如坐針氈，好不容易熬到完場，才不過十時許。舊同學兩夫婦提議到咖啡館閒聊，勉強答應，起初大家談笑尚歡，數日來的焦慮一時都拋到腦後。然後他們討論劇情，談到有家歸不得的桃樂菲，她驀然想起臥病在醫院的母親，笑聲頓時顯得牽強。

酒店房間的布簾不是舞台的帷幕，不用繩索已可拉開，陽光急不及待投射進來，照亮桌面的智能手機，它便不甘寂寞地叫嚷起來。電話那邊大哥的聲音顯得疲倦，還在趕寫報告，醫生卻數度來電，證實早上便會替母親動手術，中午應該可以完事。大嫂完全幫不了忙，昨天傍晚探望過母親後，想是感染了一些細菌，回來後便病倒了。她聽後有點啼笑皆非，大嫂平日擺出一副體育皇后的姿態，打網球後還要游泳，卻是這樣弱不禁風。接收到大哥焦慮的語調，她不敢笑，唯唯諾諾請他放心，早餐後便出發。她並沒有令大哥失望，未到探病時間，兩夫婦已經起程上山。來到病房，迎接他們的卻是一張空床，值班護士沒有答案，只囑咐他們在長廊佇候，大病室前裝一個大按鈕，四方平正像鏡子反照，按動一下，大門徐徐打開。她心事重重，只覺得自己站在生死之交，手術就是這樣令人提心吊膽，尤其是年事已高的至親，也不知道這可是訣別的時刻。一分一秒溜走，眼看探病時間已過，她不甘心空手而歸，再去查問，護士安慰著說：「別擔心！你們既然是病人親屬，等待手術結果，過了探病時間，還是可以進來的。」他們只好重回廊間，目光緊緊盯著電梯，摺門隆隆一開一合，看得迷惘。她忽然想起鬼門關，每次吐出一張病床，她的心便急跳一下。

人潮逐漸疏散，才看到護理人員推著母親出來，白布幾乎掩蓋整個身軀，只要還露出頭臉，她便鬆一口氣。母親緊閉雙目，想是極度疲乏，白髮亂作一團，也無力舉手料理，一張臉乾癟得像掉落地面的枯葉、泄了氣的皮球、揉皺的紙，再沒有平日的嬌縱和盛氣凌人。護理人員可不是這樣想，數落母親的罪行，埋怨母親在手術進行時不斷掙扎，當時她只是局部麻醉，護理人員迫不得已要把母親雙手縛在床沿，說時護理人員眼神有點閃爍，急忙附加一句，事前已徵求她大哥同意。她懶得聽護理人員繼續囉唆，上前撥好母親的亂髮，追隨病床入房，這時她只想到母親是一位打勝仗的戰士。中午和顏悅色的護士忽然攔住她的去路，反起臉來：「探病時間已過，病人家屬請迴避。」血肉變成制度，有點不可理喻。她正要爭持，夫打個眼色阻止，她悻悻然離開，夫在旁邊安慰，反正母親還在半昏迷狀態，留下來也沒有多大作為，不如引退。和大哥通過電話後，還要在太陽底下苦候了大半小時，巴士才施施然到來。也不管是特別快車，夫已經拉著她上去，肚子這時才懂得鳴叫，以為走捷徑抵達市區，不料巴士發足狂奔，過了站固然不停，還直衝海底隧道，到達海那邊的收費廣場才罷休。下車後，兩人一時失去方向感。「都是你好事多為。」大半天積聚的怨氣一下子爆發出來。「冷靜一點。」夫還是一貫樂天派：「前面看來像是西九文化區，聽說除了購物商場，還有公園和博物館，我們先找個館子吃飯，再在附近遊覽，不是兩全其美？」自從母親摔倒，熟悉的環境驟然顯得陌生，居然在自己的成長地迷了兩次途，然而陰差陽錯倒又水到渠成，錯摸間滿足了夫對新香港的好奇。這幾天接二連三的偶發事件像套在頸項的繩索，令她透不過氣，既然廢墟裏也有風景，她就放開懷抱，任眼前的分叉路牽引。

枕頭與床褥堆疊成起伏的白山巒，母親緊閉雙目陷在其中，彷彿躺在山頭曬太陽，卻有膠管像天竺蛇從她縛在床沿的左手，接駁到几上的心電圖，熒幕裏線條起伏，似幼童拿著蠟筆在紙上亂塗，卻經已成了秘密語言，讓醫師了解母親的內心活動，她不得不佩服科技。母親紋風不動，沒有人的氣息，就靠圖表擺在眼前，證明她還極度活躍，維持現狀。母親先要進食，這天是星期日，菲傭例假，照顧母親起居飲食就落在她肩上。昨天傍晚母親完全沒有醒來，兩個鐘頭的探病時間都是枯坐，不知道這天早上可有轉機。她到櫃枱向值班護士請教，先問醫生可有留言，護士像機械人複述編定語言：「他自會與病人家屬直接聯絡。」母親可有進食？「手術後她一直在休息。」護士愛理不理，她不得要領，重回病床，決定把母親喚醒。不用大費周章，母親睜開雙眼，看見他倆，眉開眼笑地說：「你們來了。」她肯定母親對他們兩人毫無概念，只是醫館寂寥，陌生人也是近親。她趁機飼伺，找來吸管放進茶杯，送到母親嘴邊，母親啜飲一口，全都噴了出來，清水在被褥開了花。床架上已有工作人員送來塑膠食物盒，掀起盒蓋，肉食蔬菜都攪拌成漿糊狀，分成三格，公事公辦，看著已覺倒胃。為了給母親一點營養，勉強飼食，母親果然拒絕，而且緊閉雙唇，不肯就範。她向夫求助，夫也毫無辦法，護士適時走過來，用逗弄小孩子的口吻對母親說：「婆婆不覺得肚餓嗎？」母親索性連眼睛也緊閉，護士轉向她說：「如果婆婆不肯吃東西，我們就要插膠喉吊葡萄糖水了，可要預先徵求家人同意。」她無可奈何地點頭。護士繼續：「手術後婆婆大量失血，暫時最重要是給她輸血，不知道婆婆屬甚麼血型呢？」突如其來的一句問話，只令她瞠目結舌，向來奢言自己怎樣關心母親，卻連最貼身的資料也無可奉告。她像個疏懶沒有溫書的學童，在課堂上突然給老師點名提問，啞口無言，站起來時只感到臉紅耳赤。

下一天醫院提供的還是橙色白色紫色的糊狀食物，她撿起紙條看，說是補充維生素ABC的南瓜蓉和低纖維的蕃茄雞肉糊，只是盛載在膠碟上，實在像胡亂塗抹在牆壁的油漆，她並不責怪母親沒有食慾。菲傭到來，把三種顏色的食物都攪拌進一個大湯碗裏，用匙羹舀了一口，母親居然又張嘴過去迎接。護士過來，說已經替母親輸血，隨口詢問母親每天吃甚麼藥，幸虧菲傭在場，一切對答如流。這天初見菲傭，夫循例笑容可掬，菲傭還是愛理不理的模樣。趁菲傭飼伺母親，她細意打量，菲傭兩隻萄萄乾般大小的眼睛從跌蕩的老花眼鏡射出來，襯得臉孔更是扁圓，兩邊臉頰的贅肉低垂，令她想起一隻要吠的老虎狗，不禁噗哧一聲笑起來。以後幾天她想到生氣，就借這個念頭自娛。回來後始終沒有見到大哥，晚上又來電，說母親做過手術後情況穩定，只是行動不便，仍然需要留院觀察，可是醫院床位有限，下一天會把母親轉到山上的療養院。大哥已寫完報告，下一天還要上班，大嫂的感冒也痊癒，卻有幾聲咳嗽，不想傳染給母親，探病的責任還是落在她兩夫婦身上。她剛與夫吃過晚飯，兩人步行回酒店，以為是一條平路，接電話後無端踩了個空，幾乎跪拜街頭。

她對大巴本來沒有好感，然而繳過車費拾級而上，找個臨窗的座位，倒也風光旖旎。黃地綠身的小巴體積矮了一半，鑽進去只覺得侷促，心胸隨而狹窄起來。從大巴轉小巴，彷彿家道突然衰落，被迫從臨海景的豪宅遷到工業大廈的劏房，然而這是到療養院唯一的途徑，兩夫婦也別無選擇。小巴站亦刁鑽，沒有光明正大擺在地鐵站的出口，卻躲到橫街窄巷，地鐵外的風景已經陌生，再與小巴站玩捉迷藏，他們只覺暈頭轉向。問了街坊好幾次，總算找到站牌。上一晚大哥本來提議她約同菲傭一同上路，她對這個主意並不熱衷，寧願獨自闖蕩，結果費時失事。市井的擾攘拋到腦後，迎面忽現蒼松翠綠，突如其來接收到大自然，夫連忙敞開車窗擁抱，享受免費附送的風景。過了一會，夫更有新發現，指著疾馳的一個路牌說：「平日我們互相取笑對方來自大口環，剛才我們就真的從大口環出來。」大口環又稱沙灣，本來歷史悠久，平日掛在唇邊，卻從來沒有深究地居何處，她的嘴唇勉強向上彎，實在無心綣戀好時光，全神貫注盯著路過的建築物，恐怕過站，又要走冤枉路。她實在杞人憂天，還未抵達目的地，已經有乘客向司機叫嚷療養院的名字。

療養院的病房長方工整，左右各擺放三張床，中間一條通道，方便病人家屬自由活動，用電影的鳥瞰鏡頭看，形成一個「非」字——人間的是非。可巧入住的都是剛折斷髖骨的老婦人，病人家屬就有了共通的話題，儘管本來不相識，搭訕兩句已經熟稔，病房似乎提供場地給家屬舉辦聯誼會。臨窗的一張床最熱鬧，兒子媳婦剛牽著小男孩到來探病，女兒女婿又抱著鮮花現身。不久還駕臨一位舅少奶，只不過十月天，已經演習過年的愉悅。老婦人卻完全沾不著喜氣，鼓著腮，彷彿因為自己活受罪而生氣，嘴巴倒是一開一合，讓印傭餵她吃雞粥。「你家的老太太怎麼了？」鄰床的男家屬過來慰問。「上星期日印傭放假，家中無人，晚上印傭回來，發現老媽子坐在地板倚著沙發叫痛，想是日間摔倒了。」兒子侃侃而談，倒是避重就輕，沒有提到假日為甚麼家裏完全沒人。「我家的老母也好不了多少，半夜起來摸黑喝水，這就出了事，好夢正酣卻聽到沙煲落地的聲響，趿一隻拖鞋衝出去，她已經躺在地上呻吟，把她抱起來，連夜送進醫院。」男家屬洋洋得意，一副英雄救美的模樣。「老人家就是不安本分，明知道自己笨手笨腳，偏要學做女俠闖蕩江湖。」女兒感嘆，「可不是嗎？」女婿應和。眾人七嘴八舌，小男孩聽得不耐煩，開始無事生非：「嫲嫲在吃甚麼？我也要。」「吃吃吃，你就只知道吃，其他甚麼也不懂。」媳婦似乎憋了一肚氣，這時都發作出來。「阿姊別聽閒人胡扯，好好享受你的雞粥。」舅少奶說話的對象是老婦人，卻有點含沙射影。「可不是嗎？」女婿又想應和，忽然嗅到病房裏的火藥味，連忙噤聲。他們兩夫婦倒沒有過去湊熱鬧，與菲傭分坐病床兩邊，母親睜大眼睛前望，卻是一片迷惘，空氣裏有點僵。猛然菲傭從回收袋裏掏出一疊認字卡，默默遞給她，倒提醒她初回港的一天與母親玩卡的喜樂。難得菲傭細心，她由衷說了一聲謝謝，卻聽得菲傭回應一句：「不用客氣。」也不知道是菲傭第一次這樣說，還是她向來錯過了，認字卡又招引鄰床的男家屬過來探頭探腦：「好主意，真是治療認知障礙症的良藥。」她但笑不語，讓夫應酬。然後工作人員派飯，菲傭準備餵飼母親，只好把閒散的心情收拾。

放眼盡是白，高聳的白枕頭下是綿延的白被褥，老婦人的白髮埋在其間，完全失去色澤，手腳又被遮蓋，眼皮更如門戶緊閉，瑟縮在悠悠如天地的床笫間，活像名人故居時常碰到的死亡面具。菲傭把一羹羹飯糊餵進母親口裏，夫又在打盹，她閒著無事做，遊目四顧，一眼瞥見母親病床斜對面這位閉眼老婦人，剎那間還以為遇見植物人，身體卻沒有給錯綜複雜的膠管纏繞，似乎還有點活著的氣息。沒有人探望閉眼老婦人，對比鄰床鼓腮老婦人的鬧哄哄，顯得有點寂寥。她倒警覺到閉眼老婦人還是活生生，剛才護理人員派發膳食，閉眼老婦人忽然睜開眼睛，像推開門縫看外面的世界，不知道是因為軟弱無力還是失去食慾，雙眼重又閉合。護理人員似乎按著時間表工作，分配完畢，一時不知去向，飯盒枯坐在閉眼老婦人床前的承架上，眼看就要冷卻。

病房的一扇窗讓印傭推開，風吹送，白色小膠叉從閉眼老婦人的飯盒上，跌跌宕宕掉落到她銀色的高跟鞋邊，像一隻無助的小手。

原載《大頭菜文藝月刊》二〇一八年十一月總第三十九期

內線 101

瘋子與我之間只有一個差別，瘋子認為自己神智清醒，我明知自己瘋狂。

——薩爾瓦多・達里

白花花的陽光阻隔在沒有窗戶的牆壁外，我們不知道夢中日月長。圖書館這一角倒有白圓球的燈光，在四方桌上映照出一個環形書架，稍一轉動，書本就像燈裏的走馬般跳躍起來。當然環形書架未必包攬全世界的知識，牆壁兩邊依然立著挺拔的書架，高矮肥瘦的書籍就像後宮粉黛等待帝皇臨幸。如果無人過問，我們還是不會過去騷擾，就讓書籍或站或臥直打瞌睡，渡過另一個懶洋洋的下午。是的，我們的工作就是需要有人過問，電話鈴聲一響，我們撿起聽筒，無論怎樣睡眼惺忪，也要強裝精神抖擻，報上圖書館的名字，溫柔的聲音委婉地問：「今天有甚麼可以幫閣下呢？」問題一出，馬不停蹄轉動書架翻查書本，務求在指針環繞時鐘一圈之前提供答案。我們三人面前依然各有一塊平板電腦，要是書本跟隨不上時代的步伐，我們依然需要依賴互聯網，我總覺得網上的資料像主角未出場前打筋斗跑龍套的開路先鋒。譬如那一天有人詢問怎樣用法語説「順時針方向」和「逆時針方向」，我即管試測谷歌，翻譯只嘔吐三個字，翻查字典，卻拖男帶女操出一隊童子軍，先聲奪人，我當然敬重權威。把一本書抽出來，另一本放上架，重重複複，又在崗位坐上十多年。工作有苦有樂，遇上不恥下問的讀者，追問一句詩的來源，兼想打聽詩人的名字和生平，我有種安樂椅偵探的喜樂。既然是圖書館，當然有人訂書，更多時候，讀者只想知道這間餐廳的電話號碼，那間雜貨市場何時打烊，我恍若一個接線生，握著八爪魚般的接駁線，插進適切的洞孔裏。科技發高燒的日子，我們更要充當技術情報員，幫忙讀者阻止病毒入侵手提電腦，提議哪一塊智能板比較實惠，甚至指導讀者刪除手提電話的訊息，幾乎要到蘋果電腦店兼職，充實自己一技之長，才可以滿足所有讀者的要求。口齒一時不夠伶俐，就算沒有遭受唾罵，也可以感覺到語氣中的輕蔑。最近電話那邊問我圖書館館員的職責，我翻查職業輔導檔案，三頁紙嘗試說盡我們的辛酸。我沒有感到登上英雄榜的榮幸，反為覺得自己像一隻銀匙，鎖在博物館的玻璃陳列櫃裏，從殘冬臘月舀來一口倉皇，含在齒間。

事前沒有預約的一個下午，電話莽撞地響起來。拿起話筒，趕不及報上名字，已經傳來一陣嘔心瀝血的咳嗽聲，彷彿沒來由感染到空氣裏的病毒，久久不能休止。螺旋線在話筒與機座間輕微顫抖，我猶豫著要不要掛上電話，對方終於期期艾艾地說起話來：「請問……（唔唔唔）……凱特……（咳咳咳）……的真實……（雪雪索索）……是甚麼？」咳嗽過後，清理喉嚨，還要收乾鼻水，一句簡單的問話被打斷成數折，我實在不得要領。這卻不是讀者的錯，我彷彿對著一個患有頑疾的人，不禁放軟聲線問：「真不好意思，請你覆述一遍，好嗎？」「真實姓名。」對方掙扎著擠出幾個字，是一把沙啞的男聲。「請問你想知道誰人的真實姓名呢？」透過電話應對多年，別的學不會，倒練就一副耐性。「凱特丹……丹寧絲。」別看我經常為別人探路，自己也是一隻盲頭烏蠅。「凱特丹寧絲的真實姓名？」我喃喃重覆著，像面對多個孔洞的老鼠，一時不知道從何入手。「凱特……特丹寧絲，《破產……破產……（咳咳咳）……姊妹花》的女主角。」對方有點不耐煩，彷彿這是一個街知巷聞的名字，而我蟄伏井底，孤陋寡聞。看來是個熱門女星，百科全書趕不及登記，這回倒要感激維基百科，只不過在鍵盤上拍打幾下發放求救訊號，答案立刻從電腦熒幕顯影出來。「她的真實姓名是凱薩琳・李特維克。」在資訊世界，我不過扮演傳聲筒，覆述眼前的所見所聞。「這個小妮子在大銀幕的《雷神索爾》美豔不可方物，想不到在公仔箱的《破產姊妹花》又充滿喜劇細胞。」為免篇幅過分冗長，轉述對方這兩句話，我略動了手術清除鐘聲與口哨，生活裏的鐘聲與口哨卻不易刪減，我不過禮貌地回應：「是啊！新生一輩真是前程無可限量。」想不到引起他連珠炮響的疑問：「她屬於哪一族裔？為甚麼要改名換姓？」最令我啞口無言卻是一句：「你認為她幾時會恢復本來的姓氏？」彷彿我們本來是知己，放工後在酒吧相聚把杯言歡。然而我有正經事要辦，沒有閒情與陌生人料理瑣碎，經驗告訴我，沉默是金。他果然識趣地打退堂鼓，支吾著說謝謝，聲音消失之前，有點依依不捨。

沒來由我又被惡魔滋擾。夢境是一幢空蕩蕩的樓房，連傢俬也沒有。我席地而坐，抱膝以為這就抱擁所有真實，不意客廳中無端顯現一顆樹，想是剛才走漏了眼。沒有後花園的土壤，樹竟自在柚木地板生長茁壯，也無紅花綠葉陪襯，深棕色堅硬挺拔的軀幹，更像頭頂未曾放光的電燈柱，橫伸的枝梗像推出去的一隻手，加上未經陽光雨露滋潤，形態更是枯槁。牆上倒掛著一個鐘，長短針向上重疊。因為門窗緊閉，也不知道是白晝還是黑夜，禿樹自然沒有鳥聲啁啾，猛然卻有電話鈴聲想要衝破死寂，清脆嘹亮，似赤身的工匠手起錘落敲打燒紅的鐵，一下又一下，我原本享受的寧謐隨而被砸碎，再不能靜坐。我不耐煩地站立起來，沿著牆的四面空間走，更從屋的一角走到另一角。隨著我的腳步，房屋自動擴張起來，似愈拉愈闊的銀幕，等到客廳伸展成平原，我還是找不到聲音的來源。猛抬頭望向鐘，再不是計時儀器，而是一塊白黴圓餅形乳酪，就如法國下諾曼第安省盛產的軟乾酪，硬身的殼還變得軟綿綿。我本來微仰著頭，冷不提防鐘從牆壁塌下來，覆蓋我一頭一臉，我幾乎斷了氣。奮力把它扯開，軟身鐘搭到枝丫上，濕淋淋的像從水中撈起來的一塊布，十二個數目字還活動起來，像無事忙的螞蟻隨處亂竄，空白的鐘面遂成一個尚待搓圓撳扁的麵粉團。

薩爾瓦多．達里的《記憶存留》不難找，威廉．費明的人文學歷史書《藝術與意念》就存留一幅，顏色走了樣，不再是黃與藍的鮮明對比。達里時常形容自己的畫圖是「手繪的夢照片」，彩圖印成黑白，真跡要到網上尋，更似夢魘。依然可以辨認三塊錶面，軟綿綿地黏附在書桌邊緣，倒掛在桌上的枯樹枝，一如馬鞍搭在不遠處似人似魚的自畫像。也不用顯微鏡，我心知肚明，前夜的夢就是《記憶存留》的盜印版。事情倒有點蹺蹊，我向來排斥達里，自己淡然處之的性格與他標奇立異的喜好背道而馳。未到嬉皮士的年代，他已經蓄著長頭髮，兩根翹起的鬍子像碎成兩半的特大鼻環，時下青年喜歡穿戴的一種。繪就基督的聖心像，他又會在旁邊附加一句：「有時候，我會朝著母親的肖像吐口涎，只為好玩。」演講時他穿著潛水銅人的裝束，還可以說是潛進群眾的腦海，趕赴化妝舞會，他與妻子打扮成林白小鷹和綁架人，就有點輕重不分，令人質疑他身為藝術家的品味。龍蝦電話與梅惠絲朱唇沙發更是聳人聽聞的商品，名氣就像一面免死金牌，僥倖奪得，就算走上荒誕不經的路也是通行無阻，沿途還有過道的蟻民俯首參拜哩。印象深刻卻是達里一九三一年的一幅《從後面看坐著的女郎》，遠方左邊線條分明的西班牙式小屋，與右邊朦朧的白色樓房形成強烈對比，前景的女郎隨意把捲髮束成馬尾，寬鬆的間條內衣露出半個肩膀，就算與她不熟稔也感覺親昵。她困在座椅，似乎邀請我們分享她如夢的心境，如果達里沿著平實的路線尋夢，可能發掘得更多。數年前在紐約的「姆媽」現代藝術博物館，倒與《記憶存留》有一面之緣，畫幅比一張普通的白紙大不了多少，軟身錶像乳酪，看過後溶進記憶，卻像拖欠多年的債主驀然找上門來，反為親切的西班牙女郎芳蹤杳然。個中的緣由，只能敦請佛洛伊德到來參詳。

一星期一次我要值夜班，孤零零地坐在電話機旁。圖書館大堂吹過來的風也覺得蕭條，忙碌程度不能預料，有時候靜悄悄渡過一個清夜，遇上交功課的日子，倒要幫忙莘莘學子搜羅教材。這一夜剛替一個小學生找到做實驗的網站，還未喘一口氣，電話又響起來，拿起聽筒，那邊傳來一陣久違的聲音：「請問凱琳（咳咳咳）．艾莉森（唔唔唔）今年貴庚？」他似乎認得我的聲音，知道我不問世事，特別多加一句：「爵士（雪索雪索）女歌手。」靠著互聯網的幫忙，我很快提供資料：「她在一九六三年出生。」「怎麼？（咳咳咳）她已經將近六十……六十歲（唔唔唔）？看她在電視……電視演唱（咳咳咳），還豔光四射，想不到（雪索雪索）徐娘半老……」我有點不耐煩，無聊中想起前夜那個充滿達里色彩的夢，可能緣由自他，他還不肯罷休：「她倒是（咳咳咳）萬能歌后，百老匯……百老匯音樂劇（唔唔唔）固然唱得有板有眼，法國（雪索雪索）和巴西的流行曲（咳咳咳）也演繹得頭頭是道。」我對爵士樂認識不深，也無時間與他閒聊，斬釘截鐵地說：「圖書館倒有收藏她的鐳射唱片，要不要我替你訂？如果不用，今晚就到此為止，還有很多讀者等著我幫忙哩！」我念急口令般向他橫掃，也不等他還擊，便掛上電話，正要鬆一口氣，電話又響起來，卻是他回應：「你怎麼……怎麼（唔唔唔）完全沒有君子風度？你的職責……職責不是（咳咳咳）回答讀者的問題嗎？怎麼我還未……還未問完（雪索雪索）你便收了線？今晚……今晚（咳咳咳）我也沒有閒情（唔唔唔）閒情與你胡扯，你好自……好自為之。」想是以牙還牙，不等我申辯，「卜」的一聲他便掛了線。

圖書館各個部門每星期都有一個例會，檢討工作的進度。時間在大光燈的照耀下過了一天又一大，同樣的鈴聲，同樣的環形書架旋轉，同樣的人共事，感覺很容易變得麻木疏懶，我們實在需要停下手腳冷靜一下。下次與部長和同事會議，我即管提到那名經常傷風咳嗽的讀者。兩位同事都曾經與他透過電話接觸，同事甲的應對方法是約法三章，向這名讀者解釋圖書館工作繁忙，每天只可以回答他三個簡單的問題。同事乙另有主張，如果時間許可，他並不介意與那名讀者聊天，畢竟讀者手頭上有太多空餘時間，他甚至懷疑讀者可有正當職業，長日躲在斗室裏編織白日夢，真空的感覺可以壓得人透不過氣，鑽牛角尖就是小人物的生命力。同事乙一幅悲天憫人的情懷，然而我們在圖書館裏受薪，有一定的責任，總不能把時間只消耗在一名讀者身上。

「甚麼是一定的責任呢？」同事乙反唇相譏，「日常生活裏我們總是匆匆忙忙，認為一定要在限定的時間內完成指派的工作，然而時間觀念往往是荒謬不切題和任意，我們為十位讀者服務，給每人回答一條問題，與為一名讀者服務，給他回答十條問題，工作量不是均等嗎？說到底，時間觀念不過是中產階級故弄玄虛的玩意。」

「只是我們讓一名讀者霸佔大段時間，其他讀者縱有疑問，電話又接駁不通，對他們豈不是不公平嗎？」

我們若不預留時間給其他讀者，又怎知道他們沒有問題呢？我即時想到圖書館現時提供的終端機，讓讀者免費上網，每人每天可以使用一小時。規則定下來總有抗議聲，有人爭辯，既然圖書館常有終端機空置，為甚麼不讓他們繼續使用？問題是新來的讀者可能有上網的需要，我們若只照顧已到的讀者，對新來的讀者就不公平。

同事乙因而提到愛恩斯坦的相對論：「把手放到滾燙的火爐一分鐘，感覺上有如一小時的長久；和漂亮的姑娘共聚一小時，感覺上只如一分鐘流逝。」他又附加幾句：「在後愛恩斯坦的世界，我們計時的方法已經腐朽，至於公平與不公平，也視乎你對個別讀者感覺是滾燙的火爐還是漂亮的姑娘。」

一口氣記錄了這段對話，其實當時屢被電話騷擾，斷了又續，倒像支吾的讀者期期艾艾。部長沒有明確的指示，會議結束之前，忽然另有建議，算是打圓場：「你們兩位既然對時間觀念有興趣，商場有《絕對是達里》的雕塑展，有空不妨去看看。」同事甲贊成，說達里用的失臘法，蔚為奇觀。我孤陋寡聞，立刻查根問底，報說是一種鑄造方法，立體結構非常複雜的產品，傳統方法不能勝任，就要出此上策。有趣的是，中國古代的青銅器就是這樣打造的。話題叉開，怎樣應付期期艾艾的讀者，倒屬次要。

商場是圖書館毗鄰的一個購物中心，只一箭之遙，從圖書館推門，穿過魚市場與田園市集便可抵達。每次來到購物中心，我便想到童話裏仙杜麗拉盛裝趕赴舞會。心想一點奢侈，午飯時分，不妨邀約三五知己到裏面一家高檔酒樓用膳，入座前先等位，酒樓名字夾雜「公館」兩個字，坐到絲絨座椅上，地板彷彿會旋轉，一下子載運食客飛往香港的太平山。意猶未盡，還可以到商場的蘋果店選購最新款的智能手機，或者到精品店精挑品牌時裝與皮鞋，遇上有人生日，又可以到馳名的餅店訂造生日蛋糕，剎那間儼如踏在荷里活比華利山的草坡上。長日將盡，放工後我們到左鄰的超級市場買凍肉青菜，回家清茶淡飯，仙杜麗拉打回原形。購物中心與圖書館倒是唇齒相依，長久與書架為鄰，也想沾染一點文化氣息。大堂顯眼處，每三個月從國家畫廊借來一幅大師畫作，像新裝般替換，光滑的雲石地板亮晶晶的一閃，毫無來由讓我想起浪子回頭。好主意倒是層出不窮，《絕對是達里》相信是另一個新嘗試。達里拿手的軟身鐘錶，不是如夢如幻的超現實畫夢紀，而是實實在在用失臘製作的銅綠雕塑。身價百倍的展品當然不能拋頭露面在購物商場過夜，茶餘飯後，聽說每天早上九時由一部貨櫃車轟隆轟隆載到現場，下午五時又鳴金收兵歸返畫廊，只因為大都會人心不古，展品也只好朝九晚五。我對達里的成就半信半疑，通常工作的時間也是朝九晚五，正好找藉口不去。然而一星期一次我要值夜班，又不是好推搪，而且人性充滿缺失，明知道是唾手可得的物事最不懂得珍惜。紐約人就很少涉足自由神像，我每天都經過購物中心，就是不肯多走兩步，造訪達里擱置下來。

鎮日坐在沒有陽光的所在接電話，日子久了也自認身繫囹圄。一位讀者來電，打探一本書的下落，剛巧網上圖書目錄顯示這裏有一本館藏，正好找到藉口溜出去，經歷逃獄的快感，站在書架旁也感到涼風習習。拿著書回來時，經過諮詢處，一名讀者坐在櫃枱前向館員查根問底。這本來是圖書館常有的風景，不足為奇，趣味在於一把低沉而又沙啞的聲音聽來頗熟稔。返回工作崗位，猛然醒悟，聲音的主人就是近日常打電話到來查詢的期期艾艾讀者，耳際的讀者可又不能怠慢，我問過名字，寫到紙條夾在書本，拿到訂書部，回來時再繞道諮詢處，期期艾艾的讀者還在，這時候彷彿向館員訴苦，話說昨夜在深宵影院看到一部關於鐵達尼號皇家郵輪沉沒的紀錄片，資料與九十年代荷里活的浪漫災難製作大相逕庭，看來占士・金馬倫花費千萬金元，想要鋪張的只是一個謊話。最令他失望，是結尾李奧納多・狄卡皮歐英雄救美的片段全屬虛構。館員回應說，四十年代荷里活有一部黑白電影，似乎比較忠於史實，期期艾艾的讀者連忙請他搜尋，頗枯燥的交談，平日我早已揚長而去，這天卻孜孜地偷聽，愈聽愈好奇。多日來與期期艾艾的讀者打交道，我不自覺在腦海塑造一個形象，因為他經常傷風咳嗽，認定他是一名乾癟的癮君子，眼前的大漢卻是身裁魁梧，要不是他穿著淡藍襯衫水磨牛仔褲，可以誤認他是從阿拉丁神燈逃出來的精靈。饒有興趣卻是，透過電話他經常咳嗽和清理喉嚨，這時切切實實坐在椅子，卻是口齒伶俐，彷彿聲音迷失在螺旋形的電話線，黑暗中尋找出路時一步一驚心。

聲音忽然有頭有臉，我索性追本窮源，向館員查詢期期艾艾讀者的姓名。翻尋檔案，還打聽到他的真實年齡，也已經五十多歲，可以是退休的年紀，猷在家裏無事可為，又不會像年輕人般寫微博，在 Instagram 與臉書留影留言，依然伴著電視機蹉跎歲月。當然想像到了一個地段還須止步，留下的孔洞需要用揣測填補，放入心靈的熔爐高溫焙烤，拿出來就是一尊不倫不類的鑄件，有點切合同事甲提到的失臘法。彷彿要證實我的猜度，晚上期期艾艾的讀者又再來電，提到一部名為《囧男大爆炸》的電視片集，當紅女星瑞琪琳．德赫姆曾經兩度客串，不知道可會再亮相。資料在網上一目了然，答案是一個「不」字，他聽後很是失望：「這樣……這樣一位（唔唔唔）可人的小妮子，只在熒光幕後消失（咳咳咳）曇花一現，（醒鼻子）真是可惜。」回家後通過電話傳送心聲，讀者又口吃起來。電腦熒幕顯示瑞琪琳．德赫姆的照片，一把金色的長髮垂到低胸的衣裙上，打印出來，可以像綺夢般投射到單身漢臥室裏空白的牆壁。囧男在重重咳嗽聲仰望她的照片，空自惆悵。

終於踏足購物中心參觀達里展覽，帶著夕陽無限好的心情，未上夜班前到來透一口氣。展品多是雕塑，分內外兩個圈排列，首先映入眼簾卻是梅蕙絲的紅唇沙發，很多人坐下來自拍，我卻想起法蘭西斯杜勒克時代的安樂椅，坐落「……血液會向上冒泡，像一杯巧格力，好像不是坐著而是奔跑，又覺冷又發熱，呼吸裏充滿塵土……」幾乎想拔腳便跑，勉強説服自己繼續，倒也看出一點頭緒。先是一尊《向忒耳普西科瑞致敬》，獻給希臘神話中專司舞蹈的繆斯，兩個舞蹈員相距不遠站立，似銀幣的兩面，臉孔完全沒有五官，象徵意味多於有血有肉的一個人。銅綠硬體的塑像皮膚光滑，舉止優雅，舞蹈在她潛意識中達到心境的和諧，舞蹈員右手揚起，剎那間身輕似燕，彷彿隨時會從基座拔腳飛起來。金身的一尊卻是三尖八角，枯枝無端從頭頂和腿肉顯露，似血脈奮張。這舞蹈員擺的是對立平衡的立姿，儘管高舉左手，雙腳始終敵不過地心吸力，閃爍的金身似乎隨時會溶化，象徵舞蹈可以是一縱即逝的色慾。

有口指責別人，身為男子，達里始終抗拒不了色慾。維納斯本來是宇宙最光亮的行星，達里就借來形容高級時裝模特兒，本來無可厚非，只是雕塑取名《向時裝致敬》，就有點諷刺。時裝模特兒身無寸縷，最終達里要讚揚的還是女性婀娜多姿的身段，可以作為衣裳架撐起華衣美服，膜拜的紈絝子弟就是達里，甘拜下風。一對熱戀的情侶經過，男子模仿達里屈膝，斜對面一間精品店，男女模特兒身上的衣裝驀然像枯葉脫落。

《戈戴娃夫人》又是達里對女性起伏有致的銅體的禮讚，金蝴蝶倚在夫人足踝似裝飾，棕蝴蝶留在夫人髮鬢似髮夾，達里似乎也想化為蝴蝶，做個不二之臣。夫人騎在馬上，吹起喇叭，滿懷征服的喜悅，身旁一名女客的手機這就響起來。

無疑鋼琴是提供心靈滋養的媒介，購物中心就有一座，無人彈奏，自己發出音響，要與附近的噴水池互相唱和。然而三隻腳勉強把它挽留在地，始終不能超生，達里巧妙的地方，是用穿高跟鞋的美腿替代琴腳，一時鋼琴恍如拗腰的舞蹈員，原本一動不動的死物頓時活起來，充滿動感。站在上面的銅像雙手高舉，平行揭開的琴蓋，朝天展翅。

拗腰真是一個戲劇化的動作。《超現實鋼琴》之後，達里在《凱旋天使》再來一次，天使從基座躍起，雙翼幾乎折斷，誓要承接從天上掉落的號角，宣示新世紀的到臨，充滿繁榮與希望，一定要報告給全世界的人聽。

愛麗絲夢遊仙境，遇見各種怪異乖張的角色，童真依然沒有被取締。達里塑造她跳繩的模樣，拿著圈索，一下一下揮動，似乎又回到日常生活的重複，面前出現一個丫杈，暗示過程中或有阻滯，流麗的長裙預示她最終會克服一切，雙手與頭髮也就開出鮮花。愛麗絲忽然發出笑聲，卻是兩個女童在基座下追逐。

達里喜愛舞蹈，特別是來自家國西班牙的弗拉明柯舞。這種源於吉卜賽族的舞蹈節奏強勁，充分探索人類情緒的整個幅度，達里舞者的雕塑隨著弗拉明柯的節拍旋舞，隨意發揮心底湧起的張力，充滿元氣而又狂放，裙裾也就如花般盛開。

焚燒的女性塑像，右邊底下的裙裾著火，光焰像一個個欲開的花蕾，代表女性潛意識的慾望。走往左邊，女性身上安裝九個抽屜，三個在胸前，六個在腿間，由小到大，代表女性想要隱藏的秘密，帶著神秘感。對於達里，莫測高深的女性才是真正的美人。

舞蹈似乎是達里喜愛探索的母題，不斷回歸，在他心目中展示多種形態，身為男人，他對女性也充滿遐思。普通男子對異性想入非非，我們喚作猥瑣，藝術家把想像昇華，打造成一尊尊結實的雕塑。

從外圈走進內圈，放眼是一片銅綠的海。我一眼認得取名《時間側面》的銅像，本來硬身的鐘化成液體，似欲滴的冰柱掛在枯樹的枝椏間，徹頭徹尾是

《記憶存留》的立體版，半溶化的鐘面還勾劃出人面的輪廓，幾乎可以指出眼耳口鼻。達里一再指出人與時間剪不斷理還亂的關係，銅綠的鐘閃著金光，回應《赤壁賦》「自其變者而觀之，則天地曾不能以一瞬；自其不變者而觀之，則物與我皆無盡也。」這幾句話，時間可以存亡於一瞬間，又可以伸展到無盡，達里與蘇軾竟是同聲同氣。

達里似乎想到時間也有靈性，一尊取名《時間貴族》的雕塑，他就為可以搓圓撳扁的時間加冠進爵。依然搭在枝杈間，卻是一株有生命的樹，深綠色的軀幹都長出枝葉來，逢春的枯木旁摟著一名金色的天使。到藝術館參觀展覽，遇上比較熟悉的大師，略知他們的品味，真像造訪故友，無疑購物中心不是藝術館，達里更不是我心頭的至愛，倒知道天使恆常是他的模特兒。在他的心目中，天使是再生、純潔與高貴的象徵，天使翱翔在天堂與人世間，可以與神交流，倒有點像滿懷訊息的畫家雕塑家。達里的天使往往支頤似在沉思，就令我會心微笑，貴族還有舞弄著絳紗的裸女，畫裏的裸女總是代表疾病、死亡與罪惡。達里的裸女手舞的布顯得硬繃繃，又不肯披掛身上，帶著誘惑的情慾，天使卻不為所動，樹根與基座間還有青蛙與金兔，俯伏著蓄勢待發，都讓我想到躍躍欲試的生命力。鐘面彎彎曲曲，依然勉力挺起胸膛，振起雙臂一呼，人性的情與欲都圍攏過來。

轉身，兜口兜面又是一面柔軟如布的鐘，彷彿掛在樹上晾曬，綠色可以代表生機，達里的想像力也就萌生新意。鐘面已經溶化得不成模樣，以至指針看起來像是一條大肚子的軟皮蛇，已經把底下的「6」字吞噬。眨眼間又像一條窄路，有自己的方向。達里稱呼這座雕塑為《時間之舞》，再一次嘲弄人把時間固定於方框。他心目中的時間是流動的，不止向前進，還會隨著宇宙的節拍扭動身體歡舞，自封為王。意猶未盡，達里又創作了另一座神似的雕塑，索性取名《時間之舞2》，鐘面更趨柔軟，彷彿半彎著腰向觀眾鞠躬，讓我們看到背後的一點穿崩，「6」字重現，底下的旋鈕卻像兩滴淚。在浩瀚的宇宙法則裏，時間既然流動，舞得更是瘋狂。

時間與女人的關係，在另一座雕塑盡情流露，達里就把作品喚為《時間的女人》。女人全身透綠中閃著金光，讓我們想起先前勾搭鐘面的樹，達里再一次記取生機，青銅本來堅硬，落在雕塑家的手中頓時顯得柔軟，編織成一襲長袍，披掛在女人柔軟的體態上，回應長髮如流水般的披肩，鐘面已經溶化得不成模樣，婉順得像一塊布，折疊在女人左手的臂彎，她卻抬頭仰望右手的一株玫瑰。時間既然在人的控制範圍以外，達里亦對美提出質疑，這一刻女人得天獨厚，容光煥發可以與玫瑰爭豔，轉眼間人老色衰，會不會像花朵一般凋殘？

達里到底是藝術家，銅鑄的作品是他對人道主義的高貴顯影。看罷展覽出來，似乎感染到心靈的洗滌，想到對讀者慈悲一點。然而現實往往與理想相左，當晚值夜，向來合作的同事乙請病假，圖書館雇用一位臨時女館員頂替。她對工作極為熱忱，電話一響便趕著去接，對每一位來電的讀者都照顧周到，低聲下氣滿足他們所有的要求。只是她陰聲細氣聽過一個電話後，請辭躲進洗手間一會，出來時依舊雙眼通紅。同事甲追問來由，起初她顧左右而言它，經不起我們左右夾攻，勉強説出原委。她剛和期期艾艾的讀者打交道，這晚讀者的興趣集中在連環殺人犯身上，而且指定是女性，讀者向女同事抱怨社會縱容這批女性，就算犯案後告上法庭，檢察官也為她們辯護，本末倒置，殺人犯倒成了被害人。期期艾艾的讀者要求女同事為他找來一則個案，針對連環女殺人犯，透過電話讀給他聽。女同事不明白讀者的實際想望，請他提供一個實在的名字，方便她蒐集資料。期期艾艾的讀者生起氣來，指責女同事迴避問題，有意偏袒同性，羞辱他，隨而感嘆女性犯了案後依然可以擺脫罪名……期期艾艾的讀者平時習慣我們幾條大漢粗聲粗氣，一旦接收陰柔的聲音，似乎迷失方向。往日他對女性充滿幻想，真正接觸卻又方寸大亂，我們都知道他有時脾氣不好，這樣暴戾倒又出乎意料。

第二天我趁午膳時間，再去參觀達里展覽，心中其實帶著一點沮喪，似乎苦著臉向自己質疑。購物中心依舊可以容許情色畫作雕塑分門別類陳列，現實世界的靈慾暗流卻是扭橫折曲。平日場地的遊人不多，午陽透過玻璃圓拱頂投射到雕塑身上，我感覺心安。來到《時間的女人》身旁，卻突然看見她不動聲色地把雙腿一屈，高舉的玫瑰自掌中凋落，整個軀體頓時像搭在臂彎的鐘面變得柔軟，原本平滑的臉暴裂成蜘蛛網。

原載《大頭菜文藝月刊》二〇二一年十二月號第七十二期

傭記

羨慕一些人的記憶像桃花源，分門別戶之外，一草一木都像入帳般記錄清楚。我的記憶卻像荒島，沙上一株足可生存的香蕉樹，別無其他，有種霧的朦朧。或者這就是作家與常人的分別。想寫容姨，竟然完全忘記最初她怎樣攜帶隨身行李。當然不會是旅行喼，一把扶手抽出來，四個輪軸與地面發生磨擦，不可一世。倒記得當時流行一種藤篋，月牙色，柳條編織成起伏不定的紋理，絕了種的恐龍，背脊應該就是這樣粗糙，前面的門鎖像兩隻耳環垂下，再用竹枝貫穿，很有種蠻荒的裝飾味。兩隻挽手便把整籃衣物提起來。有時候一家人到郊外野餐，母親就用藤篋盛載食物。說起來，藤篋也有點像三文治，卻歸納容姨整個行當。當然，容姨用的也可能是包袱，四四方方不比手帕大多少，白色，沒有繡花，洗擦多次，白接近灰還有點起毛。不要緊，中央放幾件替換的衣物，上下左右對摺打結，挽在臂彎這就浪跡天涯。是的，反正編撰小說，又不是回憶錄，倒不如這樣寫：

當初容姨造訪我家，帶來風霜雨露，笨拙而又精緻的手工藝，與及一點傲骨，母親便邀請她逗留長住。

黃昏，小朋友都圍坐電視機旁看配音日本卡通片集的時間，我坐在客廳的飯桌前，做額外的功課。母親從書店裏買來超越我程度的英文和算術練習簿，強迫我苦幹，電視機默默地站在客廳的角落，充當裝飾的傢俬，除了父親偶爾扭開來收聽新聞報導外，幾曾娛樂我們。門鈴突然嬌滴滴地叫了一聲，透過防盜眼，看見一個穿著白色大襟衫黑膠綢吊腳褲的中年女子。剛轉過身，腦後一條大鬆辮像麻繩般垂到腰際，哈哈鏡似的玻璃把她的身形扭曲，顯得更加矮胖，像個卡通人物，這就是我今天的餘興節目了。臉孔有點熟稔，即管用門鏈扣著門栓，打開一條縫隙問：「找誰？」門外的女子幾乎發出嬌嗔：「華仔！怎麼連我也不認識了？」既然懂得呼喚我的乳名，應該是入屋的通行證，謹慎起見，依然把母親喚來，母親正在廚房炒菜，脫下圍裙，折起來搭在椅背，透過門縫一看，回頭向我埋怨：「怎麼連容姨也認不出來？」門開處，容姨像一陣風捲進來，驚得一隻俯伏在門口的蜘蛛急步爬走。

容姨與母親完全沒有血統關係，更似是外婆的友好。在家兩人坐在一起，都穿著大襟衫吊腳褲，只是外婆的衣料是輕綢繡緞，容姨只能負擔粗衣麻布，出外時外婆改換腰身寬鬆衣長至腳踝的長衫。到底外婆是珠光寶氣的闊少奶，容姨是打住家工的媽姐。當初兩人怎會結緣？這樣問時自覺滿身銅臭。腦海隨即亮起一個個燈泡，無籠無罩，光禿禿地掛在一根根電線下，懸在外婆住家的天台，筵席就這樣擺開去。外婆喜歡在家裏廣宴親朋，每次到她家探望，麻將聲此起彼伏。外婆也不坐下來搓，手執檀香扇搖曳生風，周旋於賓客之間，自得其樂。容姨想是其中一位幫傭，外婆的住家又與一間戲院毗鄰，電影之外，經常有大老倌租借場地公演粵劇。晚飯後倚欄乘涼，戲院裏的管樂聲隱隱直達四樓，外婆較年輕時是任白迷，每逢她們組團演出新劇，不止夜夜捧場，還訂購數行戲票與親友共享，容姨可能就在被邀請之列。這當然純是我的猜想，曾經向母親探詢，她只是回贈一句：「小孩子，懂甚麼！」成人既然不肯說，難怪小孩子甚麼也不懂。

母親陪伴容姨到雜物房放下行李，兩人躲進廚房，把閒話都炒進鑊裏，灑幾撮鹽作調味。我依舊坐回飯桌旁，面前擺一本練習薄，其實用來掩護底下的一張紙，我面對窗外一隻困在棚架間的灰鴿，開始臨摹起來。父母親是完全不喜歡我素描寫生的，說是一條通往潦倒的路。他們對一家人的未來總是充滿張惶，每次發現我在偷偷地塗抹，固然心血盡被撕毀，接下來的一小時，還要和他們面面相覷，聽他們輪流發表一些人生大計的訓誨。母親的聲音更略帶沙啞，聽她演說，就像給人強用耳刮子清潔耳朵，只想閃避。我寧願她用戒尺敲我幾下掌心，起碼可以用剎那的疼痛換取過後的自由。無論父母說得如何唇乾舌燥，我就是禁不住想繼續畫下去的衝動，這就是我一雙手的使命。父母背轉身，我又默默地觀察眼前的景物，小心記錄下來。這時父親不在家，母親的注意力又給容姨分散，我知道自己是安全的。

廚房與客廳之間隔著一個盥洗室，依然可以聽到裏面的話語。母親平時相當注重儀表，這天不知道為甚麼揚起聲音：「她想要珠寶店哪一件首飾，我家都可以負擔得起，她為甚麼要這樣做？」她似乎在斫擊豬肉，狠狠地把刀砍在砧板上，幾乎要把口中的壞人剁成肉醬。「你知道嗎？爸爸就是給她氣病的。」

「她有那種病，也是身不由己。」容姨用帶有順德口音的廣東話回應。「你們已經帶她去看過多位醫生，老是治不好，也沒有辦法。」

不知道為甚麼，我突然作賊心虛，儘管父母親都不在身邊，也慌張地把畫紙藏回練習簿下。

母親和容姨的話語低下來，好一會才聽到母親隱隱約約地說：「這叫做咎由自取，就讓她自生自滅吧！」

「你怎可以這樣說？她到底是你的……」

灰鴿已經飛去。剛下過一場雨，棚架的竹枝盛著雨水，泫然欲滴。容姨來訪，讓我惦記外婆，不能用「慈祥」兩字形容她，她並不會坐在床邊為我講故事。每次見面，她總從內衣袋掏出一個銀幣，給我買零食，不是貪圖物質享受，到底是親人，相聚時總有暖意。特別記得一個下午，她招手喚我進偏廳，拿來拍紙簿和鉛筆囑咐：「給我畫張肖像。」我暗自吃驚，不知她從哪裏得來消息，偷偷望向大廳，一張張麻將桌伸延開去，母親就坐在最遠的角落。「有我做擔保，即管畫。」外婆本來是個坐立不安的人，接著的半小時，除了走進廚房兩次向下人交待，總算乖巧地坐在酸枝椅上，任我伏在清涼的雲石桌上塗鴉。捫心自問，我的畫技絕不超群，繪出來的圖像完全不似外婆，她依然滿意地撕下來，放在梳妝枱的上格。以後每次我溜進她的臥室，碰巧她在裝扮，她會悄悄地敞開抽屜窺望，向我會心微笑，彼此有了秘密，更是知心。算起來，已經很久沒有上外婆家。自從大半年前的一個下午，母親接了一個電話，趕緊和我乘計程車來到珠寶店，交頭接耳和律師伯伯談了一會，律師伯伯轉向幾個警察交待，他們便把外婆帶走，此後再沒有她的音訊。我還記得一個警察握著她的胳膊，她擺脫了，昂起頭說：「我自己會走。」一副慷慨就義的模樣。我當然完全不知道事情的來龍去脈，怯怯地躲在母親背後，第二天我用白紙畫了幾隻張牙舞爪的豺狼。

飯桌上一家人總是嫻靜的，間中母親發問父親作答，通常父親扭開電視，索性不說話。這晚多了容姨，倒是有商有量。成年人似乎在討論一種名喚「耍」的東西，氣氛其實頗為沉重，說的對象卻有趣，喜歡玩捉迷藏，本來藏在身體暗處，給人發現，拔腳便跑，又會躲進其他部位。我喜歡這個字的音節，更愛玩遊戲，夾一塊梅菜蒸豬肉，好整以暇地說：「我也希望有這種耍。」父母親完全沒有答腔，把我當白痴，倒是容姨啼笑皆非地說：「華仔！快吐口水再說，得了這種病會死人的。」我對死只有一個模糊的概念，依然嘴硬：「我偏喜歡。」容姨再加幾句：「給醫生發現，要開刀，很痛的。」我平生最怕痛，連忙撥動雙筷，用飯粒填塞自己的嘴巴。

對於父親來說，星期六和其他日子沒有甚麼分別，他還要上班，我卻感到輕鬆寫意，因為不用上學，慣常的節目是陪母親到老人院探望外公。這星期多了容姨，三個人乘巴士上山，到了站，身旁的母親還在假寐，我急得向司機直嚷要下車。容姨坐在前排，示意我噤聲，還向我扮鬼臉。我鼓著腮，成年人就是不肯留下縫隙讓兒童擠身進去。下車後容姨悄悄對我說：「今天要給你一個驚喜。」我懶得理會她，大踏步向前行，進了病房忽然看見外婆，這才明白容姨的意思，料不到一想起外婆便見到她，這學期我可會名列前茅。外婆沒有睡覺，無聊地望向窗外，看見我們，眼前一亮，從被窩裏伸出手來，握著我露出短袖外的手臂，皺著眉說：「華仔！這麼瘦！是不是揀飲擇食？」我並不覺得自己特別瘦，老人家總覺得兒孫珠圓玉潤才算健康，要是我變得痴肥，才值得他們擔憂哩！倒是外婆比以前憔悴，原本鼓脹的雙腮塌下來，像等待人吹氣的皮球。母親把帶來的紙手抽擱在病床上架起的橫板，掏出暖水壺和碗匙說：

「媽，煮了些雞湯給你喝。」外婆幽幽的眼睛忽然溢滿淚水，習慣向衣襟摸索，要找來一條手帕拭淚，倒忘記自己已換上醫院供應的病袍，一時手足無措，勉強提起衣袖拭淚，母親連忙把自己的手絹遞給她，卻止不住自己眼眶的淚水，這回輪到母親感覺狼狽。容姨把一條手帕交給母親，轉頭對我說：「華仔，想不想到樓下吃蓮花杯？」這時我只擔憂母親。扯著她的衣角問：「媽媽！你怎麼了？」母親強顏歡笑：「媽媽很好，華仔聽話，陪容姨到樓下去。」我只好向外婆揮手，尾隨容姨下樓。

小孩子的弱點是雪糕，揭開底牌，不過是加了甜味的冰，吃起來卻可以六親不認，我也不例外。接過容姨遞來的蓮花杯，還未拔開紙蓋，口涎已經在嘴裏積聚。拿起木匙往杯中一刮，送進口裏，一股芳香直沁心脾，神魂甫定，才發覺容姨只買了一杯。「你怎麼不吃呢？」我有點不好意思。「最怕吃生冷的東西。」容姨說時有點閃縮，然而我沒有零錢，不能向醫院外的推車小販再買一杯，只好厚著臉皮坐到榕樹下的長椅，細意享受。「婆婆為甚麼住到這樣的地方呢？」我心目中的婆婆身光頸靚，真不明白她為甚麼要這樣委屈自己。「公主也會當尼姑呢！禍福最難預料。」容姨感慨地說。「哪個公主當尼姑？」我卻是一頭霧水。「你沒有讀過明朝的歷史嗎？」容姨把我當高材生，其實我的歷史知識還停留在石器時代，於是容姨向我講述長平公主和周世顯駙馬的故事。那是她說給我聽的第一個故事，和老師從課本裏講的又有不同，沒有小矮人、巫婆和噴火的龍，卻有我不熟悉的情與義。起初駙馬仰慕公主，還可以說是因為她在宮廷的地位，國破家亡之後，他依然到處找她，更要來到庵堂，苦苦哀求，才令公主回心轉意，就不是貪慕虛榮那麼簡單，二人同心，對抗一個不懷好意的君皇。容姨說故事時聲線特別溫柔，彷彿來到巍峨的宮殿，重門深鎖，不能進去，語氣充滿羨慕。我還不大了解內裏的曲折，容姨卻明白駙馬公主的奮鬥，說到兩人相擁在含樟樹下，仰藥身亡，聲音帶點哽咽，眼眶有點潮紅，我也有種想哭的衝動。用衣袖抹過眼睛後，容姨感慨地說：「還是上去向外婆說再見吧！」

下山後我們又來到老人院，外公坐在臨窗的躺椅，落落寡歡。他以前是個喜歡説笑的人，我特別記得他捲起褲管，露出膝蓋，活動腿肌，讓膝頭變出一張會笑的臉。每次見到他時，我都要求他變戲法。自從和外婆分手後，他不止失去法寶，還變得沉默寡言，健康更是一落千丈。母親自覺照顧不來，把他送進老人院，每星期來探望一次，算是對自己的良心有個交待。我想逗外公開心，趨上前説：「公公！我們剛去探望婆婆。」午陽映照外公的臉，他扶著枴杖就要站起來：「怎麼？她出來了？快帶我去看她。」母親連忙過去扶持：「她剛做過手術，需要靜養，待她康復後，再帶她來見你。」外公頹然坐回座椅，只不過隔著一重山，兩個相親相愛的人就是不能見面。母親安慰著説：「改天我們給媽拍張照片，沖曬後拿來給你看。」外公幽幽地望出窗外，彷彿母親説的是一個世紀以後的事，容姨倒有了主意：「華仔！你不是會繪畫嗎？為甚麼不把婆婆的樣子畫給公公看？」母親想要阻止，容姨已經張羅了紙筆，交到我的手中，我便伏案，憑著記憶畫出外婆的近貌，遞給外公。他戴上老花眼鏡問：

「這就是你外婆近來的樣子嗎？」我點頭，兩行眼淚便從外公的眼睛流下來。回程時母親責怪我：「為甚麼要傷公公的心呢？你不曉得撒一點謊嗎？」平時在學校裏，老師總教導我們做個誠實的孩子，成年人世界的矛盾，我就是不明白。

如果預先知道那星期六是見外婆的最後一面，我就不會尾隨容姨到樓下吃蓮花杯。等到事情真的發生，已經太遲。母親甚至趕不及為外婆拍一張遺照，靈堂上只能把她一張較年輕的照片放大。外婆戴著金絲眼鏡，微昂著頭，一副不服輸的神情，左邊一張外公的照片，他不知道往後的事情急轉直下，裂嘴而笑，慣常的樂天表情，或者他也應該感到心安，得知外婆去世的消息，傷心欲絕，不到一星期也尾隨而去。我對死亡只有零碎的認識，只知道從此不能與外公外婆交談，有點依依不捨。瞻仰遺容的時刻，兩副靈柩擺放在一起，外公外婆躺在裏面，緊閉雙眼，慘白的臉顯得浮腫，完全不像我平日習慣的慈顏，四片唇卻塗得濃豔，令我想起鮮血淋漓，有點害怕。外公穿著長衫馬褂，外婆披掛著繡花旗袍，我忽然想起容姨口中的周世顯和長平公主，下半生走著艱難的路，有一個時候還被迫分開，也不用旁人製造愁雲慘淡的氣氛，我的眼淚已經奪眶而出。

喪事完畢，母親整個人垮下來，別看她平時擺出銅牆鐵壁的模樣，也有柔弱的一面，何況連續失去兩位至親，打擊可不小啊！靈堂裏我第一次看見她嚎啕大哭，回家後悶悶不樂，還生起病來，幸虧有容姨打點一切，她可以躺在床上回復元氣。一個下午，容姨接我放學，回家後到母親的房間探望，她閉著眼睛睡覺，不想家人騷擾，我無聊地在屋裏閒蕩，看見容姨坐在矮凳上收聽原子粒收音機，我不懂粵曲，音調卻熟稔，可能被外婆附近的戲院潛移默化，就算我不情願，也霸道地闖進我的心窩。容姨說小曲的名字叫〈香夭〉，是長平公主故事的插曲，她問我要不要聽另一個故事，我連忙點頭。這次她說的是蝴蝶和梨花的故事，才子佳人本是筆友，平時寫詩傳遞友誼，約好見面，臨時有事阻遲，終於在朋友家會見，佳人又被迫隱瞞身分，才子以為佳人已死，傷心欲絕，情不自禁向眼前的小姐念詩。詩是佳人所作，她當然熟悉，才子念不了兩句，她已會接續，一連兩次，才子還以為佳人是神仙呢！未滿十歲的男孩知道多少情愛事？容姨説得眼淚汪汪，我只會捧腹大笑，十多年後偶然在舞台上與這故事重逢，才曉得甚麼是羅曼蒂克。

以後容姨就扮演收音機，節目只播放給我一個人聽。晚飯後，兩人各搬一張矮凳到廚房面對面，就是道具。為了加速故事時間，我自願抹乾剛洗過的碗筷，幫忙放好。其實容姨不大識字，在鄉間的私塾只讀過兩年書，平時也不閱報，故事來源全靠她看過的戲曲，因為迂迴曲折，倒也抓住小孩子的注意力，只是一些細節我還未能完全掌握，總算是晚間娛樂。説是廣播，當然只有聲音沒有畫面，需要我用想像力當畫筆，把欠缺的填補。然而小孩子的理解能力有限，場景也不完整，母親並沒有干涉，她似乎喜歡人與人的交往，不大熱衷小孩子與電視的單程路，看見我自動自覺幫忙做家務，倒也感到安慰。容姨卻只是冷媒介，不懂得故事的感染力，我總覺得父母是供奉在神台的聖像，漸漸卻在容姨的故事發現他們的身影。我對父母有潛意識的恐懼，聽得故事多了，也會模仿裏面的主人翁，鼓起勇氣站出來抗議，容姨就像神仙教母，把我點化之後，也就功成身退。一個下午她收拾行裝，説要去「打住家工」，我們送她到電梯口，她隱沒在兩扇門後，收音機也就停止歌唱。母親堅持每天護送我往返學校，難得她批准我獨自徒步回家，已是幾年後的事。一天放學，容姨赫然坐在廚房，晚上她又重張旗鼓為我廣播。當時母親已允許我多看電視，我只覺得大部份節目都無聊，寧願聽容姨的故事，來去還是幾道板斧，然而以前我聽不明白的細節，終於梳理清楚，還覺得她的故事有點犯駁。我不斷提醒自己，她只是傳口訊的人，也就沒有和她計較，只讓故事在心裏調整。容姨在香港無親無故，似乎把我家當渡假屋，工作過勞便進來休息，養精畜鋭之後再出去面對世界。十多年來與她離離合合，歲月是崢嶸是淺淡，我也中學畢業。

到銀行任職後，容姨又來訪，一住數月，幫忙母親料理家務，閒來又給我説故事。雖然她只不過複述劇情，卻要像廚師般加添適當的調味，太少便枯燥無味，太多又喧賓奪主，把故事融會貫通，變成自己的呼吸，其實也需要一定的天份。容姨就令我想起《蜘蛛女之吻》裏風華四射的莫利納，我也樂得像瓦倫丁簇擁著她，把她當作第二部電視機。然而戲曲翻炒多遍，再無新意，我也過了喜歡聽故事的年齡，晚飯後我們依然聚在一起，更多時候閒話家常。我是個羞怯的人，沒有過多朋友，容姨懂得人情世故，我便把她視作知己。一天我在報章讀到《紫釵記》重映的消息，問她可有興趣再看，她慌忙點頭，附加一句：「要你破費，不好意思！」我的薪金完全交付母親，倒有點閒錢，可以負擔中座的票價，相信容姨已經觀賞這部電影不下數十次，依然像小女孩初上遊樂場般雀躍，一早把腦後的長辮梳得燙貼油亮，出門時我走得快，回頭見她落在後面，放慢腳步等她，她卻走得更慢，似乎不想與我同行。說故事的容姨始終和我活在虛擬的世界，一出家門，陽光照見現實，她是四十多歲的女性，我還是乳臭未幹的小伙子，走在一起可能令她尷尬。論理忘年戀也可以理直氣壯，何況只是忘年的友誼，容姨就是閃避不過世俗的眼光。兩人在戲院匯合，帷幕掀開，劇情耳熟能詳，我卻是初次接觸唐滌生的曲詞，理解又有新的層次。在優美的詞藻裏我看見畫，詩與畫原來息息相通，從此不能脫身，之後迷迷惘惘到圖書館借閱李白的詩詞，進展到現代詩，都拜容姨穿針引線。

《紫釵記》之後，我們又再接再厲看《再世紅梅記》，不是電影，而是舞台演出。容姨更是興奮，下午已經為父母親準備晚間的飯菜，開演兩小時前，提議乘車到戲院。我首次到現場觀賞粵劇，吃了一驚，戲院似乎進入無政府狀態，觀眾隨著心意起立走動，懶得理會台上的演員賣力演出。偶然二樓的觀眾一眼瞥見樓下的親友，高聲呼喚，吃過的瓜子殼拋得一地，與音樂廳的正襟危坐大相逕庭。幕啟，花旦在畫舫的佈景前徘徊唱慢板，旁邊兩名女觀眾依然交頭接耳。容姨緊皺著眉，起初也沒有採取行動，眼看她們不肯罷休，才把食指放在唇間，輕輕發出「噓」的一聲。只不過是溫馨提示，已經像點燃炮竹，引起其中一名女觀眾霹靂啪喇的迴響：「你算是女皇嗎？干涉百姓的言論自由？」容姨也不和她一般見識，問我取過兩張戲票，到票房說明原委，要求換位。那晚偏又全院滿座，院方無能為力，唯有警戒旁邊的女觀眾噤聲，不然可要請她們離座，女觀眾的口算是有了遮攔。最令容姨不滿，卻不是觀眾的喧鬧，而是戲班為了縮短演出時間，因陋就簡，很多唱詞改為口古，根據〈漢宮秋月〉譜撰的曲詞只唱了一半。回家後的幾天，容姨不是說故事，而是緬懷，追憶昔日觀劇的燦爛時光。回想初看任白的《再世紅梅記》出來，差不多是凌晨二時，疏星月影伴著回家，別有一番情調。

看過戲後，容姨又隱身到豪華巨宅當家傭，而且一別五年。悄無聲息的夜晚，父母親若無其事帶我到酒樓吃飯，席上赫然出現容姨，還像玩戲法似的在她左右變出一雙姊妹花，年齡與我相仿，姊姊總是抿著嘴唇，妹妹就愛搶答父母親的問話。我根本是個內向的人，在親友面前話語已經不多，何況面對陌生女性。母親只好囑咐我為兩姊妹夾菜，服侍過姊姊又照顧妹妹，自己倒扒不了幾口飯。吃過甜品，容姨打發兩姊妹先離去，母親急不及待問我：「覺得怎樣？」容姨也插嘴道：「如果你不喜歡姊姊，也可以考慮妹妹。」我被迫入窮巷，有點啼笑皆非。其實事先已經張揚，只不過我後知後覺。近來母親就老是追問我，可已結交心儀的女朋友，我才二十二歲，又不是患了病症需要沖喜，不知道她為甚麼這般著急，想不到她已經採取行動，此刻容姨坐在跟前，我想起每天早晨她慣常把散髮編成大鬆辮，一揮到背後，似乎是對傳統婚姻的鞭撻。我雖然懵懂，不曉得人間的情愛事，倒是個影迷，喜歡拿父母施捨給我的零用錢，到戲院買一個個白日夢，人家愛說粵語片是三姑六婆的血盆大口，我卻認為家庭倫理大悲劇為良家婦女吐盡冤屈氣，在黑暗中看見黃曼梨飾演的家姑板起臉孔，我的心跳迅速加劇。回到現實生活，來訪的姨媽姑姐，也會在母親面前哭訴，說自己克盡婦道，斟茶遞水叩頭請安，在男家上下眼中，依然豬狗不如。容姨決絕地把大鬆辮梳起成髮髻，我簡直視為壯舉，還記得她說過的多個故事，都有頑強的兒女，為了追求心中的理想，不惜與父親三擊掌斷絕親情，然而己所不欲勿施於人，她丟棄的一雙爛鞋，為甚麼又與父母同流合污，強迫我穿著？容姨在我眼底縮小成為一個平庸的女人，在傳統的規範下畏首畏尾，我嘆了一口氣，一年後我遠赴美國攻讀美術，那晚已經埋下決絕的種子。

赴美那年的十二月，北京人民大會堂成為風雲人物，見證中英聯合聲明正式簽署，早在我上機後一個月，文件已經草擬。自從第一次鴉片戰爭失敗，香港如臂肉般割讓給英國，屢戰屢敗，連九龍半島、新界及離島也要雙手奉送。多少年後，英國突然又決定完璧歸趙，來來去去，都是政府高層的好主意，事情並沒有徵求香港市民的意見，這都不是我離開香港的主要原因。酒樓相親之後，我總算開了竅，無論我們怎樣刻意取悅他人，都有令對方不滿意的地方，倒不如順著自己的意願行事，我就是這樣涉足晚間的校外課程，修讀美術。父母親自然不滿意，然而我並沒有放棄日間的職務，亦已超越他們想要管束的年齡，只能隨我所願。負責教授的是一位來自美國加州的青年，比我大不了多少，濃密的金髮覆蓋瘦削的臉龐，顯得有點不勝負荷；玳瑁邊眼鏡後的眼睛像藍色的湖水，運動衫的鈕釦不是脫落就是扣錯，有點不修邊幅；膠皮底鞋的繩子總是鬆脫，愛穿一條灰白色的帆布褲，卻像畫布般留下一根二根的油彩線條。講課時他愛操著帶有外國口音的粵語，名字叫Rob，他戲稱自己是不肯閉嘴的波比。一個黃昏我抵達課室，同學還未到來，坐到慣常覺得舒適的膠椅，有點無聊，掏出紙筆，對著窗外一個吸菸的男子素描。畫得入神，好一會才發覺Rob站在一旁細看，我有點尷尬，慌忙把紙張塞到畫冊下，用不流利的英語說：「對不起！畫得不好！」

「不是啊！畫得不錯哩！孺子可教！」他居然用帶有外國口音的粵語舞文弄法，我啼笑皆非，氣氛也就輕鬆起來。出奇不意他又變得嚴肅：「素描本身已經可以充滿色彩，畫家對線條的熱情可以超越黑白的單調，這個男子的臉孔就是好明證，他的眼耳口鼻都沒有顏色，我們依然可以感覺到他的魄力。」同學已經魚貫進入課室，他依然附在我耳邊說：「我覺得你的筆觸有點像馬蒂斯，說起來，他近日在大會堂高座藝術館有個展覽，有沒有興趣一起去看看呢？」畫展裏他又不斷提醒我，馬蒂斯對色彩和設計的敏感，簡簡單單一幅《粉紅色的裸女》，可以有紀念碑的莊嚴。畫展之後，有好幾次放學後我們又一起去喝咖啡。半年後的一個晚上，他忽然對我說：「我的簽證快要到期，要返回洛杉磯，我覺得你很有天份，埋沒在黃銅門後實在可惜。如果你有上進心，不妨申請到帕薩迪納的藝術中心設計學院進修，我可以請父母作你的擔保人，學生簽證應該沒有問題。」三言兩語居然決定我的下半生，父母當然極力反對，然而我只是通知他們我的行蹤，並不是徵求他們的同意。無論他們贊成與否，整理行裝後，我踏上飛機。

Rob到洛杉磯國際機場迎迓的還是一個不知天高地厚的黃毛小子，四年後我自帕撒迪納的藝術中心設計學院畢業，對平面設計已經有一定的掌握。我懷著這份信心考進廣告公司，獲得重用，還樂意替我辦理移民手續，我順利在美國居留。公餘時又設計一些中西合壁的明信片，拿到書局寄賣，收入也頗為可觀。我在國外不用飄泊，似乎為美國夢塗脂抹粉，實情是生活本來是多面體，夢也不例外，既會幻變泡沫，也有成真的可能，就看你的造化。學院沒有宿舍，倒為學生籌謀住屋問題。讀書時我租住一個日本家庭的房間。週末和Rob談到夜深，倒會在他家裏留宿，畢業後再不好意思霸佔屬於學生的單位，Rob向我建議：「我自問不是入廚好手，倒弄得一盤可口的意大利粉，如果你不嫌菜色單調，歡迎你天天與我享用。我倒懷念香港的廣東菜，倘若你能夠客串廚師，或者可以料理我的懷香港病。」從小到大，不是母親就是容姨料理我的膳食，鐵鑊裏跳彈的油滴就像橫飛的子彈，迫我止步，自覺廚師都是戰場上的勇士。為了滿足Rob的食慾，我到唐人街報讀假日的入廚班，弄得損手爛腳，有一次臉上還炸開了花。煲湯之外，總算學會弄幾味菜式，可以與Rob相濡以沫。家事卻不順暢，去國之後，我經常寫信回家竹報平安，一年起碼有兩三次。收到父親的來鴻，滿滿一張紙給人健談的錯覺，其實龍飛鳳舞的大字體佔據整個篇幅。父母親慣常把感情收藏到密封的樟木箱內，偶然拿出來抖一抖，我也心滿意足，知道我在廣告公司覓得要職，喜悅的神情流露在信箋，像是被勝利沖昏頭腦，以為兩地一樣氣候。碰運氣向他們表白Rob與我的關係，此後再沒有接收到他們的祝福，接著幾年，每逢父母壽辰，我都寄上賀卡賀禮，他們都退回頭，不肯承受。

其實香港在我心目中始終佔據一個微妙的地位，只是父母親從中作梗，每次興起歸家的意念，到頭來都是打消。也是命中註定，香港忽然對 Rob 另眼相看，多年來他已經把生活裏最不顯眼的物事玩得得心應手，他用硬紙板剪裁出諧謔的形象，說的卻是歷史上一個黑暗的故事。博物館的入場標籤，落在他手中變成政治宣言，他的作品往往令觀眾措手不及神志迷亂。八十年代末期，洛杉磯的當代藝術館已經為他及十多位名家舉辦聯展，香港藝術界對他獨垂青眼，邀請他開個展，他躍躍欲試，我再找不到藉口推搪。一晃眼來到九十年代的香港，擦身而過的路人，興高采烈之餘有點步履匆匆，彷彿一個年代將成歷史，若不趕快盡歡，就白活了一場。新建築物已經像湊熱鬧般到處鼠竄，走在本來熟悉的街道，可以迷失在八陣圖。展覽開幕，循例有雞尾酒會助興，賓客摸著杯底，不約而同緬懷舊事，唏噓的卻是剛逝去的年代，千禧年還遙遙在望，文化人已經急不及待蓋棺論定。會場突然出現一位稀客，身穿白色大襟衫黑膠綢吊腳褲，混在長裙曳地的仕女間，彷彿是 Rob 惡作劇的拼貼。我一眼認出容姨，也不知道她從哪裏打探到我們的行蹤。我本來納罕，趁機把她迎到落地長窗前寒暄，晚陽下的容姨並不顯得蒼老，一開口卻出賣了她的頹唐，可不是嗎？外婆已經去世多年，容姨卻模仿她的口吻，說去國後我竟自消瘦，一定無人照料，乘機提到一名姨甥女，二十多歲，計劃到加州升學，希望來我家住宿。容姨可是受了父母的唆使？這麼多年，他們還是不肯罷休。我有點不服氣，說在美國一直有人照顧，招手把 Rob 喚來，介紹給她認識。Rob 伸手想與她相握，幾乎要說久仰大名，她退後兩步，手足無措。儘管 Rob 用廣東話與她交談，始終顢頇，說不了兩句便告辭離去。容姨過訪，再次觸起 Rob 向我囉嗦，說服我向父母請安。我鼓起勇氣撥電話回家，接聽的是父親，為免臨陣退縮，我像念急口令般說：「爸爸！我是華仔！近況可好？」對方完全沒有回應，透過熱線，我感覺一股冷流迤迤邐邐傳到我的掌心，僵持了一會，父親悄然無聲地把電話掛斷。

展覽完畢，我再沒有返回香港的意圖，隔著重重海峽，卻又思念它的好。Rob 緬懷香港時狂吃廣東菜，我走旁門左道，依靠廣東大戲做路標。一天經過唐人街，發覺路旁有全套四片的《帝女花》黑膠唱片擺賣，封面用藍彩描繪的公主一點也不雍容，拿在手裏我依然戀戀不捨，終是掏出腰包買回家，借 Rob 的唱機收聽。流光隨著唱片的紋理旋轉，歲月也在梆黃饒鈸的聲中消逝，日本家庭轉來父親的來信時，黑膠唱片映照的人，黑髮已經隱藏銀絲。「你母病重，如果你還有一點人性，當會考慮歸家探訪。」父親的語氣非常決絕，分明是他們固執，卻指口篤鼻向我謾罵，誰知道病重是否藉口？說不定把我誘回家，把我軟禁？不顧 Rob 的規勸，我把父親的信收進抽屜底。隔不到一個月，父親的信接踵而來，紙上只有兩句話：「昨天陪你母到銀行，她在保險箱裏收藏著兩張你兒時為外婆畫的鉛筆畫。」我把信紙遞給 Rob 看，請他訂兩張來回香港的機票。

父親來鴻，並不表示議和。打開家門看見我站在外面，完全沒有歡迎的意圖，用下巴示意母親在房裏，逕自回客廳翻閱報紙。母親的病情並沒有父親說的嚴重，房裏還有人照顧，身裁矮胖，我差點兒呼喚容姨。轉過頭來，卻是父親新近雇用的菲傭，用不純正的粵語告訴我，母親只是感染風寒，並無大礙。Rob笑說我是驅風油，回來兩三天後母親精神便告好轉，我牽著她的手到街上逛。城市已經回歸，到處瀰漫著劍拔弩張的氣氛，電車路旁，教徒靜坐地面冥想，大字橫額似在揚聲，抗議政治逼迫。乘船渡海，碼頭旁邊又有另一撮人派發傳單，指責宗教團體妖言惑眾。走得倦了，母親提議晚上去看廣東大戲，我倒不曉得她遺傳了外婆的因子，彷彿大家分享過一段經歷，可以發展成為友誼。等到我買了三張戲票，才發覺父親對粵劇完全不熱衷，反正Rob也是迴避在酒店待觀形勢，我索性把他喚出來，趁機介紹給母親認識。在家門外不遠的巴士站，Rob熱誠地握著母親的手，她卻是困惑多於抗拒，不明白一個外國人，為甚麼千里迢迢到來，看他聽不懂的戲曲？開鑼不久，鄰座忽然傳來爭吵聲，一個闊口闊臉的中年女子高聲狂叫：「請各位街坊評一評理，天底下竟有這樣蠻不講理的人，我不過趁冷場發幾個文字訊給親友，隔鄰這位仁兄卻指責我的手提電話耀眼，打機的聲音也防礙他集中精神。當今這個世界，看一齣粵劇，尤其是長三個多小時的粵劇，怎可以正正經經地坐，不找些事情做？他自己像老僧入定，又要求人家和他一樣，你們說是不是食古不化？」我猛然想起多年前邀請容姨看粵劇，給人謾罵的經驗。從沒有錄影帶的年代，進步到 Blu-ray DVD，香港人的觀劇習慣似乎完全沒有改變，對積習更是振振有辭。只是沒有容姨在場，再沒有人可以把他們禁制，像壞了的唱機繼續聒躁耳朵，直至疲倦。母親倒是看得著了迷，經常用手打拍子。完場後我扶她離座，走出戲院外，她忽然騰出另一隻手，轉身找尋 Rob 的掌心。

一提起廣東大戲，我便想起容姨，如影隨形。第二天即管向母親打探容姨的消息，報說已在安老院安享晚年。算起來，容姨已經七十多歲，相信也沒有精力繼續打住家工，這卻不是她入住安老院的原因。「她似乎有點神志不清。」母親說來有點唏噓。難怪！容姨半生操勞，打點萬家燈火的複雜人事，一旦得病，又沒有徒弟照顧，更是如土鯪魚般一條身。母親本來打算和我探望容姨，臨時腳痛，有心無力，把地址交給我，讓 Rob 和我摸上門楣。安老院的大堂橫放著一輛輛輪椅，上面坐著眼神空洞的老人家。一位老公公扶著枴杖，掙扎著想要站起來，鬥不過自己一雙軟腳，還是頹然坐回輪椅上。護理人員為我們指示方向。我們來到一間大房，裏面擺放多張床，說是安老院，更像醫院，日間多張床位都是丟空，一眼卻看到靠窗的一張床躺著容姨，我連忙上前叫喚。以前水蛇般的一條黑辮已經剪掉，杏色的散髮遮著半邊臉，撥開來看，都是歲月的痕跡。容姨並不認得我，喃喃自語：「任姐你去了哪裏？你不是說要和我去羅馬看大戲嗎？」她扌捧著原子粒收音機，猛力轉動旋鈕，接聽到的不是空口說白話的清談節目，就是呼天搶地的情歌。「任姐任姐！等一等我！不要走那麼快！」容姨又在呢喃，Rob 與我面面相覷，一時不知怎樣應對。Rob 的眼神忽然一閃，向我提議：「平時在家，你不是很喜歡哼唱《帝女花》嗎？為甚麼不唱一段給容姨聽？」「別開玩笑！」我漲紅著臉，彷彿給 Rob 無意撞破姦情。

「不！我是認真的！」Rob 一本正經地說。容姨繼續呼喚任姐，我環顧四周，不見有人，咬一咬唇，鼓起勇氣，一段慢板衝口而出：「我飄零猶似斷篷船，慘淡更如無家犬……哭此日山河易主……」容姨望著我，忽然安靜下來，放下收音機，握著我的手，安然躺回床上，緊閉雙眼。以前我總愛纏著容姨要她說戲曲故事，此刻總算可以為她盡一點心意。

Rob 的新作巡迴到香港展覽，又是好幾年後的事。父親依然態度不變，對我們不瞅不睬，拒絕出席展覽酒會。母親倒告訴我一個壞消息：容姨失蹤。一個晚上，安老院一位老人家得了急病，護理人員召喚白車後敞開大門，幫忙把病人運上救傷車，擾攘間容姨溜了出去，從此下落不明，想是去找任姐。星期日菲傭放假，母親在家裏午睡，父親又不肯與我交談，唯有陪伴 Rob 到中央圖書館蒐集資料。家居西環，貼鄰西港中心，候車時但覺群情洶湧，有人抬著民主女神在街上巡遊，附近散佈警衛隊劍拔弩張。車過中環，不見菲傭聚集，卻見群眾爭先恐後上車，門開處，拋在外頭的人惡言詛咒。來到灣仔，巨形硬紙板此起彼伏，勞工高舉放大的J字撲克牌和流淚的駱駝畫幅抗議。接近維多利亞公園，眼前一亮，印傭席地而坐，披著白頭紗似修女跪拜禱告，祝福這個苦難的城市。

原載《大頭菜文藝月刊》二〇一九年十一月總第五十一期

古騰堡革命

回憶和書寫，說穿了，不就是挖空心思找一堆理由，為自己過往可恥可悲的行為開脫嗎？寫作，終究是自私的行徑……

——李永平《大河盡頭（上卷）：溯流》

沿著髹上綠漆的鐵欄杆攀登，腳下灰石堆砌的斜坡向上發展，幾乎可以趕赴天際摘星。路盡頭的灰磚丁屋卻只有三層高，就算在綠色的三角楣飾加建一層，也沾不到天的裙裾。七百平方呎的面積，倒是短小精悍。長方形的玻璃窗外，點綴著紅花的鳳凰木想要隻手遮天，每天清晨只能撈得一點遠山漁父捕魚的擊鼓聲，與及後門的公雞啼。然而移民總有雙重視野，如果說沙田的風景是縱向的，溫哥華的春光則是橫伸，彷彿走進一個煙霧瀰漫的深山，隱約看到的一些樹都是輪廓，陽光突然透過枝葉漏進來，陰暗的房間亮了燈，映照兩邊高聳的枝幹拱手搭成一道蔭棚，走在其間，有如穿過一個山洞，樹木逐漸稀疏，路兩旁出現民居，都是低矮的紅磚樓房，不止門窗緊閉，石階以外的鐵欄也深鎖，偶然雛菊與百合踮起腳尖透過圍牆眺望。家家戶戶，門前都有兩隻白石獅子鎮守，各舉起一隻爪算是招呼。當然，倘若需要一點人氣，大可以按響門鈴，一家之主自會出來應門，對戶二樓的姑娘本來照著鏡子梳妝，也從窗框探出頭顱看個究竟……

對比沙田的熱鬧，溫哥華的民居，尤其是入夜後，寧謐一如鬼域，本來最適合他內向的性格，正好趁著這個機會檢點自己。然而靜極思動，他又喜歡從記憶裏掬起雙掌細沙，撒落荒亂的心田，童年時蝸居的沙田，剎那間成了神話國度裏一個金光閃爍的名字。鄉愁就是這樣一位不可盡信的說書人，隔著連綿歲月，本來蚊蠅滋生的一泓污水，繪聲繪色裏蕩漾著拂檻的露華濃。無由來惦掛新界的添丁風俗，眼前不由分說迸發一片豔紅，是玫瑰的色澤，先是炮竹與煙火歡舞後褪去的一地紅衣，然後是雙親在鄉親父老率領下到寺廟酬神燃亮的紅燭，再就是高高掛在祠堂懸樑象徵香火有人繼後的大紅燈籠，還有張貼在村口一五一十細數男丁各種福利的紅紙，不是說紅色是危險訊號嗎？喜氣洋洋時又成了大鑼大鼓的色素。自己在襁褓時不知底蘊，也聽說滿月的一天，家人準備盤菜招呼整個宗族社區。幼弟誕生時遲自己十年，他倒親眼見證到盛典，相較起來，兒子在溫哥華出生時，只是一頓靜悄悄的家常便飯。新界男丁的優惠數不勝數，他剛下地就分到一塊地可以建造丁屋。隨著香港講究寸金尺土，幼弟只得到丁權，當然，大妹是女兒身，更分不到一杯土地的羹。自從大妹懂得人事，他總覺得她處處與自己針鋒相對，不知道丁屋丁權可就是導火線。

誘發他想到寫一本與丁權攸關的長篇小說，卻是近年一宗套丁案點燃的火種。望天打卦的新界原居民，與以為穩操勝券的發展商聯袂鑽法律空子，他並沒有參與其事，一天在報章上看到大字標題，居然面紅耳赤。移民就有不可割捨的痴纏，無論走得多遠，依舊是故田裏的一撮細沙。接著，互聯網上發生多場罵戰，代表有的一方固然堅持自己的立場，原來沒有的一方更趁機發泄心底的積怨，加上政府干預，七嘴八舌，有人形容這是一場三方博弈。公婆各有道理，就是不能用白紙黑字寫得清楚。他本屬新界原居民，並沒有想到站在哪一方。移居溫哥華多年，就算經常追蹤新聞，故鄉也只是舉頭看窗外一輪或圓或缺的明月，千頭萬緒本來無從入手，忽然想起幼弟，一切彷彿又有了依歸。幼弟年輕時曾經追隨自己到溫哥華念大學，並沒有留下來，畢業後便返回香港發展。房地產發高溫，幼弟順應潮流，經常慫恿他販賣祖屋，又藉詞照顧逐漸年邁的雙親，遷到他在香港留下的丁屋居住。結婚生女後，更是落地生根，每月只象徵式付給他五十年維持不變的租錢。他倒沒有異議，然而出賣祖屋一事，他始終不熱忱，事情耽擱下來。年初幼弟循例越洋拜年，忽然請他通融，暫時拖欠租金，詳細原因幼弟含糊其詞。每個人都會在自己站立的地方劃下界線，不許外人踰越，家人也不例外。幼弟既然拒絕透露，他也不想追究，好奇心卻不可抑止，胡裏胡塗便拼湊起故事來。

上次到沙田追憶，有如樂高積木的屋邨已經掩蔽逝水年華，回到溫哥華與妻駕車在高樓大廈忘懷的一隅馳騁，反為重拾遺落在時間荒原的旖旎。寫作不也是這樣一個尋尋覓覓的遊戲嗎？心中有個概念，根據經驗剪剪裁裁，便編織出一匹八面玲瓏的錦緞。他坐在電腦前，在手寫板上龍飛鳳舞，再用滑鼠一按，字駕著空氣飛到熒幕上，任是潦草也坐得端莊，一個個中文字刻意傳送，像在素淨絲絹穿針引線繡花。這個暑假，因為寫作長篇的計劃，他並沒有一如往常伴妻到外國散心，依然感到自己踏著祥雲在獨創的天地遨遊，直到中午，妻探頭進來喚他到飯廳午膳，他才重回人間。說起來，真要感謝妻這位書頁背後的功臣。取消旅行計劃，她一點也沒有抱怨，這些日子不止料理他的起居飲食，還照顧到生活裏的瑣碎，每個月他就不用親身核對銀行過戶的薪酬，也不用自己登入銀行戶口交雜費，可以躲在瓊樓玉宇般的書房裏，樂此不疲地讓靈感在手寫板與電腦熒幕之間奔馳。

「登打登打登打登」，猝不及防的這個早晨，智能手機想到饒舌，任它把鈴聲裝扮成清脆的鋼琴樂段——貝多芬的《致愛麗絲》——依然擺脫不了滋擾的意味。書房本來悄悄地站在一旁侍候，百葉簾煞有介事低垂，陽光都給驅趕到窗外與無花果樹角逐。月曆張貼在半暗的牆上，鑲嵌著碩士博士文憑的鏡框躲到牆的另一邊，連架上的書也沉著臉。書房沒有亮燈，全靠熒幕放的一點光，讓他更聚精會神與靈感嬉戲。然而無論相處的時刻怎樣天長地久，消逝的一秒鐘，總覺得來去匆匆。他眉頭緊皺，有點後悔把手機當作習慣隨身攜帶，要求的是一點寧靜，還是被自己一手摧毀了。轉念一想，到底是外來的訊息，就算把手機捨棄在臥室還是客廳，妻聽見了，依然會孜孜拿進來讓自己接聽。科技成了生活的一部份，躲到哪裏也不能逃脫。

早上頭腦最清醒的片刻，他總渴望書寫一點文字，尤其是最近雄心勃勃，正在著手寫涉及丁屋丁權的小說。出版社也已聯絡，說只要遞交書稿，可以替自己向藝術發展局申請資助。說得輕鬆，只不過在心頭喚了一句，已經引發千百種迴響，縈繞在腦際似耳鳴，自己彷彿坐在音樂廳裏聽一首交響樂，剎那間數十件樂器同時奏鳴，一時分不出層次，真希望自己是千手觀音，把千頭萬緒逐一理清。從幼弟想起，好容易找到兩根線索，就拿丁屋政策影響自己家族的興衰對比衛星城市的變遷。問題又出現了，新界的歷史還可以透過互聯網尋找，隨著祖父母與雙親相繼辭世，家史似乎逐漸流散，無疑祖父與父親生前總喜愛在茶餘飯後向一家人述說身世，斷斷續續，勉強可以拼湊成篇，何況他寫的是小說，又不是傳記，空白的篇幅大可以用想像填補，想想也就心安理得。這個星期一口氣寫了八章，已經是小說的三分之一，都說萬事起頭難，自己算是過了關。這天本來繼續一鼓作氣，電話鈴聲卻又亂了方寸。

「喂！」他幾乎對著手機噴氣，聲音有點凶。大清早便敲門辦公事，已經在他心頭燃著一把火，碰到口若懸河的推銷員，停不了地誇讚自己的產品與服務，或是要佔便宜的電話調查員，謙稱只是騷擾閣下兩三分鐘寶貴時間，卻花費大半小時詢問一些模棱兩可的是非題，更是火上加油，差點要把手機扔出窗外。

「大哥？」卻是幼弟從香港打來，聲音裏帶著試探，似乎恐怕他隨時反臉。說來好笑，與幼弟的情緣，原本維繫在童話裏。自懂人事，他便喜歡說故事，拿幾隻毛絨玩物當道具，幾張矮凳拼成長桌就是講壇。想是他說得頭頭是道，鄰里的小孩子都被網羅過來，就是大妹不聽他這一套，大妹小自己一歲，本來也在邀請之列，只是大妹實事求是，一早洞察童話都是兒戲，聽不了兩段便頻打呵欠，找個藉口溜掉，兩兄妹始終不投緣。空席後來由幼弟補上，幼弟小自己十歲，當時他提起毛絨玩物，自覺超齡，就是擺脫不了說故事的喜好。幼弟既然聽得如痴如醉，他也就樂此不疲，幼弟幾乎把自己當作舞台的鼓書藝人，眼神充滿敬意，在幼弟面前，他重拾大哥的尊嚴。現在兩人各有家累，親昵倒是減退，何況天各一方，也沒有太多共同點，舊曆年幼弟倒會打電話來拜年，僅此而已。以前父母親在世，還可以借他們的健康狀況作談話資料，老人家相繼辭世，拿著話筒的時刻多是沉默。前一陣子颱風襲港，據說是多年來最凌厲的一次，妻鼓勵他打電話向幼弟問候，他拖延著始終沒有行動，結果不了了之。在功利至上的社會裏，親情就像推銷不去的貨品，冷落在倉庫裏。猛然聽到幼弟的聲音，他禁不住一份歉疚，語氣也就軟化下來：「有甚麼要事嗎？」

「過幾個星期想來大哥家打擾數天。」透過手機看不到幼弟的容顏，卻聽出嬉皮笑臉來。

既然有心要登三寶殿，也是喜事。弟婦突然獲得眷顧，搖身一變成為美國國務院的知客，三十天內訪問七個城市，首站是華盛頓，繞一個圈在紐約結束行程。幼弟剛接到航空公司的電郵廣告，三個月內訂購機票到紐約，可獲八折優待，幼弟不在國務院邀請之列，倒可以和弟婦在紐約會合回港。航機途經溫哥華，幼弟想趁機探望親友。他們一家在溫哥華的親友其實不多，幼弟卻提醒他，年輕時在卑詩大學攻讀，認識一群校友，打算聚舊，幼弟不想下塌酒店，希望來他家裏沾回一點親情。想到幼弟這一年拖欠屋租，銖積寸累，也是順理成章，然而幼弟有錢旅遊無意交租，又令他耿耿於懷。臨急臨忙他又不好意思斤斤計較，想起兒子成家後，住過的房間騰空，勞煩妻執拾一下，倒可以待客，他也沒有深究。靈機一動，還覺得幼弟來得正是時候，大可以旁敲側擊，打探幼弟記憶中的新界，一顆心居然撲通撲通地跳起來。追問幼弟抵達日期和班機號碼，到時兩夫婦會到機場迎迓，幼弟受寵若驚，失笑起來：「八字還沒一撇哩！」

似乎存心與自己作梗，幼弟乘搭的班機遲不來早不來，偏偏選擇在早上十時許著陸，造攪自己墨興正濃的時刻。然而早已不假思索答應幼弟到來接機，臨時又不好意思打退堂鼓，硬著頭皮犧牲這一天的寫作時間。也不完全浪費，接機前勞煩妻駕車載自己到校園走一遭，處理辦公室的信件。比較文學部門的一位同事卻過來搭訕，交談了一會，同事說過幾天會攜同妻兒到蘇格蘭旅行，眼看妻流露羨慕的神情，心頭掠過一絲歉疚。接機時候將屆，只好把複雜的心情簡化成一聲「旅途愉快」的祝福，未看的信件唯有帶回家。從大學到機場，通常用野兔競跑的速度，也只需要二十分鐘。這一天不知何故，前面的車輛都學習龜行，自己的車擋在後面，也只能踱著蟻步。溫哥華的交通網就是這樣差強人意，遇上小小意外，行車已經完全癱瘓。來到機場，已經接近正午，心想幼弟等得不耐煩，接機口卻不見他的蹤影。頭上的行程表瞬息萬變，航機早已準時降落，還是妻日光銳利，一眼瞥見幼弟像暗影般從大堂的支柱閃現出來，穿一件米色休閒修腰外套西服上衣，藏青色西褲咖啡尖嘴鞋，黃白間條恤衫上沒有領帶，妻上前與他熊抱。大男人之間不作興這一套，約略用下顎向上指，兩兄弟算是打過招呼。三人匆匆趕往停車場，妻忽然發現幼弟兩手空空，幼弟連忙解釋：「在輸送帶前等了接近一小時，也不見到行李出來，到航空公司的櫃枱打聽，說可能掉錯機，不知道流落到哪一個國度，我已經留下你們家的地址，找到後他們會直接送去。」一個早晨多番轉折，儘管他不迷信，也感到空氣裏的不快。

「家人都好嗎？」關上車門，妻開動引擎，他坐在旁邊無事可做，又不想看來像廢人，沒話找話說。與幼弟也算小團圓，心間倒掠過一點溫馨。親情本來也像一雙皮手套，平時深埋在抽屜裏，冬日拿出來套在指間，倒也溫暖心窩，只是人前他通常喜歡擺出學究的模樣。父母親辭世後，至親就是幼弟一家，除了弟弟，還有弟婦、姪女，逐一查詢，顯得瑣碎，索性把他們都安置在同一屋簷下。「都好！」籠統的問話，得到的也是籠統的答覆。車子穿過繳費口離開機場，家人也包括大妹兩夫婦。自從移民事件，他潛意識把他們逐出家門，自大妹找藉口避開他的故事時間，兩兄妹已經不咬弦。長大後他到溫哥華升學，邂逅加拿大出生的妻，結婚後留下來。海那邊大妹得不到丁權的優惠，忽然蠢蠢欲動要步他的後塵，要求他申請他們兩夫婦來加拿大。他苦勸大妹留在香港，逐漸年邁的雙親起碼多兩個人照應，大妹偏是不聽。他拒絕幫忙，大妹一意孤行，使用投資企業的身分自己申請，兩夫婦在香港服務大機構，都有高薪職業，趕移民的潮流，千里迢迢落腳多倫多經營餐館。同在加拿大兩個大城市，兩兄妹再沒有聯絡。幼弟自遠方來，不亦樂乎，禁不住心底的激動，知道幼弟依然與大妹有來往，即管問一聲：「大妹兩夫婦也好嗎？」幼弟沒有回應，轉過頭看，已經閉眼張嘴睡著。後座車窗敞開，他輕聲請妻按鈕搖下車窗，免幼弟著涼。

結婚之後兩兄弟像斷線的念珠，幼弟來溫哥華念書的日子，兩人倒是串成一線，根本幼弟入住的就是後來兒子佔據的房間，是新屋第一任房客。多年沒來，妻倒還記得幼弟的口味，午膳時特別準備了一碟幼弟通常吃得眉開眼笑的星洲炒米粉。這天幼弟卻只是略動碗筷，還須頻頻喝水嫌辣，時差真是很微妙的事情，只不過轉換一下環境，可以把旅人脱胎換骨。離開香港時幼弟忘記發出幾封電郵，飯後要求借用他的電腦。反正靈感在早上才臨幸，午後就算細讀電腦裏的文章，也只是增刪潤飾，立刻爽快地把書房讓給幼弟，自己坐在飯廳裏處理來往書信。偶然眺望外面，沒有風，臨窗的兩株木槿本來在陽光下兀立不動，枝葉忽然搖動起來。定睛一看，卻有蒙蔽肉眼的一根絲線繫在梗尖間，一隻蜘蛛顫顫巍巍踏在上面走鋼線，遠方傘狀的槐樹掩蔽了鄰居的半邊樓房，向日葵夾在樹與灌木叢間，豎起的狹長枝幹似要插向天，盛放的黃花又與遠方的紫荊作出明暗對比。一隻白蝶飛舞其間。在這個著意綠化的城市，就算身處大都會，也可以在後花園享受田園樂，他也只是坐在椅上觀照，不敢臨近，怕把恬靜嚇跑。好一會幼弟還在書房裏敲打鍵盤，隱約透露達達聲，妻在洗衣房裏，燙斗曳航在皺褶的布上，發出滋滋的聲響。他依舊坐在飯廳裏，開信刀輕敲木桌時傳來骨碌的音色，如果天倫是一首交響曲，這就是樂也融融的聲調。

幼弟忽然從書房出來，擾亂他的清夢。幼弟神情茫然若失，彷彿著意找點甚麼，卻又遍尋不獲。「你還好嗎？」他關心地問，「沒甚麼，只想休息一下。」幼弟說時朝著書房隔壁的臥室走。「那是主人房，客房在下層，怎麼？多年沒來，認知也就發生障礙？」他打趣地說，幼弟尷尬一笑。「你若想改換便服，阿奇房裏留有衣物，不用客氣。」幼弟呆呆地望著他，神情空白如紙。「你不是連阿奇是你的侄兒也忘記了吧？」沒有回應，幼弟像逃難般躲進地下室。

兩夫婦習慣對坐在長長的飯桌旁遙遙相看聚餐，若是兒子兒媳到來作伴，一家四口構成工整的菱角形。這夜兒媳要為公司趕寫電腦程式，缺席由幼弟補上，依然是沒有遺憾的菱角形。幼弟穿著兒子棄而不用的長袖線衫及膝短褲，可以錯覺是自己另一個兒子。坐在首席，有時候他覺得自己像在演戲，索性扮演一家之主的角色，侃侃而談。近日滿腦子都是新界都是沙田，趁幼弟在場，分享一點童年趣事。桌上妻精心泡製的一碟脆皮雞，就讓他想起那年頭龍華的乳鴿：「乳鴿說是廣東石歧特產，卻是骨多肉少，價錢又昂貴，一家五口只能負擔一隻，每人分不到幾兩肉，現在想起來依然滿是滋味。老實說，對於小孩子，吃乳鴿只是配料，酒家旁邊的機動樂園才是主菜。」妻在加拿大成長，習慣傳統的肉食，兒子更是素食主義者，視乳鴿為野味，倒是幼弟聽得津津有味。「我們兩兄弟又喜歡到寺院打康樂棋，玩罷踏過泥地，到祠堂旁光顧過路的小販買山水豆腐花，加點黃糖，真是人間美味。」這回兒子也聽得動容。「家居附近有一家理髮店，小學時代由老爸帶進去，請上海師傅剪一個平頭，只覺得精神飽滿。後來滿街滿巷的青少年都是長頭髮，再被老爸強迫進去，坐到多功能的皮椅子上，只覺接受酷刑。」兒子臉上露出會心慘笑，看來沙田與溫哥華倒有共通之處。「丁屋不遠有一間辦館，踏幾級石階上去，恍若進入消費寶殿，置身罐頭世界。我們尾隨母親，卻要做苦工，不斷把米袋醬瓶從鐵架上運到收銀機旁。後來超級市場有如雨後春筍，店內都有購物車，奴隸年代才告終止，辦館也就日漸息微。倒是旁邊的一間衣紙店，數十年如一日，依舊販賣咸豐年的香燭，至今屹立不倒。」「是哦！」兒子也有同感。前幾年回去，只見陪葬的紙紮品包括電腦和 DVD 機，相信現在回去，燒到泉下的還有 ipod 和智能手機。「看來到了九泉依然需要追趕潮流。」妻笑著插嘴，倒是幼弟始終沉默不語，他不禁好奇地問：「你對沙田有甚麼回憶呢？」幼弟似乎回味童年時刻，忠心做他的聽眾，突然被他追問，有點措手不及，瞠目結舌，臨急臨忙說：「我倒記得有一晚把魚缸放到窗前，第二天卻不翼而飛。」他對這段佚事卻翻尋不到檔案，可能是念中學時他到九龍寄宿，假日才回沙田，很多小節都錯過了。看來無論資料蒐集得怎樣周詳，總有遺漏。

「大哥，剛才你說的童年往事，倒是小說的好素材。」幼弟忽然興致勃勃。他向來不喜歡與人討論自己的作品，不止家人，在同行跟前也保持緘默，當時他只笑不答，心頭卻驀地一震。自己信口開河懷舊，也不過要為一頓家常便飯平添家庭氣氛，瑣瑣碎碎，並沒有想到寫進小說。創作是嚴肅的，不知節制的笑話只會降低文學的層次，除非懷著諷刺的意圖。這回他著意描繪衛星城市的變遷，只想到用一個家族的沒落襯托。人性充滿自私、詭辯與欺詐，就算是童話故事，他也偏愛格林兄弟的作品，心靈的黑森林最能反映現實，有光的地方都是過分樂觀。「我們也不一定要用顯微鏡放大生活裏的黑暗。」幼弟似乎解讀到他的心思，侃侃表達異見。他有點不高興，幼弟只不過是在數目字裏鑽營的銀行大班，居然在太歲頭上動土，他面色一沉，沒有答話，空氣有一點僵。「大家要不要吃一點水果？」妻有意打破悶局。「大作可不可以先睹為快？」幼弟依然窮追不捨。「他未完成的小說都有密碼保護，不易申請通行證。」妻故作輕鬆地說。「今次也不破例。」他悻悻然回應，晚飯不歡而散。

半夜睡到床上依然耿耿於懷，一時想不開也就犧牲了睡眠。黑暗中忽然聽見隔壁傳來窸窸窣窣的聲響，這一區素來太平，只是他對生活充滿胡疑，遇上風吹草動也會神經緊張，為求心安，屋裏還是安裝防盜設施，一向派不上用場。這夜目送兒子離去，想是忘記鎖好門窗，終於出事。妻在床的那一邊呼呼入睡，抱持大安主義，他被爆竊的意念困擾，更加不能安眠，想想還是起床，躡手躡腳，怕驚動妻，也怕嚇走匪徒。步出臥室，音響似乎從書房傳來，即管推門一看，如果屋裏真有鼠竊狗偷，卻是家賊。黑暗中幼弟幾乎與他碰個滿懷，似乎剛找著甚麼鬆一口氣。「半夜三更你在這裏幹甚麼？」昏暗中他拉長的臉更是滿布陰霾。「對不起，我突然想起漏發了一封電郵，上來補送。」說著幼弟一陣風般逍遙掠過他的身邊，凌晨三時幾乎是一天裏最冰冷的時刻，他機伶伶打了一個寒噤。

睡得不好，第二天依然及早起床，趁頭腦清醒捕捉靈感。遲遲不見幼弟上樓，妻到地下室敲門，沒人回應，心想幼弟依然熟睡。兩夫婦匆匆吃過早點，他急著返回書房繼續寫作，通常他按亮地板的電源插座，電腦熒幕眨一眨眼便會大放光明，像清晨洗一把臉後精神抖擻。這天電腦堅持沉睡，他關閉電源再度開啟，仍然沒有打消電腦的睡意，試了幾次，情況毫無改善。先進科技時代，文稿收藏在電腦檔案，也沒有底稿，倘若電腦果真失靈，這一個月的心血完全白費。忽然想起凌晨時分幼弟上來騷擾，焦慮更矇上憤怒，氣沖沖大踏步到地下室，要和幼弟理論，敲門後也不等待回應，開門直闖。房裏空無一人，昨夜幼弟穿過的長袖毛衣及膝短褲，倒是摺疊整齊擺放床頭。

重回書房，面對空白的電腦熒幕，他也目瞪口呆。自問平生與幼弟從無過節，只因為兩人見解不同，幼弟竟向自己橫施手段。百感交集，刹那間童年又回來了。那時候他十來歲，幼弟四歲，兩人為了省錢買雪糕吃，上戲院時只買一張戲票，看電影時幼弟就坐在自己膝頭。兩兄弟從來沒有這樣親密過，一晃眼卻遭遇幼弟惡意破壞，他愈想愈氣，找來電話薄，按動號碼，一等接通到幼弟的手機，不由分說破口大罵：「半夜三更你究竟在我的書房裏搞甚麼鬼？」

「是大哥嗎？」對方無端被罵，有點莫名其妙：「我身在香港，這裏是凌晨十二時許，有甚麼事可以早上再談嗎？」聽幼弟睡意正濃的語氣，並不像在扯謊。胸間的一團火卻蒙蔽他的理智，也不理會衝口而出的話，事後可能會感到後悔：「你還在裝甚麼蒜？幾個鐘頭前你還在書房裏搗蛋，電腦都給你弄垮了，我和你究竟有甚麼深仇大恨？你要這樣陷害我。」「慢來！慢來！」妻衝入書房搶過手機，香港那邊，弟婦也接過電話，兩妯娌平心靜氣理論。收線後，妻無奈地向他交待，昨天適逢姪女的中學畢業典禮，幼弟一直留在香港，寸步不離。「這怎麼可能？昨夜你不是也在場和幼弟一起吃晚飯嗎？」他發出絕望的呼聲，手機已經搶著申辯。弟婦傳來幾幅校園的合家歡，有圖為證，無可抵賴，姪女頭戴方帽身穿黑袍，亭亭玉立，幼弟早生華髮，平日愛把白髮染黑，襯著一張童顏，站在姪女旁邊，恍如兩兄妹。他記得昨天兩夫婦把幼弟從機場接回來，幼弟換過便服，晚上在餐桌旁與兒子對面而坐，也像是兩兄弟。一個人可以分身有術同時出現於兩個場景。大白天裏，兩夫婦捧著手機看幾張不折不扣的生活照，只感到徹骨的寒意。

不完全是生病，只是整個身體被怨恨包裹，彷彿胸間掛有鉛塊，沉重得不能動彈。抱怨不速之客，也抱怨自己。以前本來是爬格子的動物，像蝸牛般在五百格的原稿紙上曳行，一筆一劃。自從科技發展到可以在熒光幕植字，人也變得疏懶，巴掌大的手寫板就是整個世界。以為電腦是守護神，可以保管一切，不料遭人橫施毒手，心機還是白費。這一刻他躺在床上，試圖思量已經失去的字句，只捕捉到一鱗半爪，再也拼湊不到引以自豪的景致，任口中怎樣念念有詞，亦咀嚼不到先前的韻味。愈想愈頭痛，起床吃顆止頭痛丸，睡了一覺。醒來時房間已經完全黝黑，只有窗外路過高速公路的車輛，偶然在米色的天花板留下光影，支離破碎，一如他正在努力的小說。就算是瘦金書法鑄字，都像驚嚇的螞蟻跑得無影無蹤，他嘆了一口氣。隔壁的書房裏，妻與客人喁喁細語，想是兒子兒媳到訪。一會兒臥室的門旋還被人扭開，露出一道縫，兒媳探頭進來張望，他不想應酬，趕忙閉上眼睛。兒媳已經來到他的床前：「爹哋！還在裝睡？今次總算給我抓著了。」兒媳是新潮派，不喚他作老爺，追隨兒子的稱謂，他張開眼睛苦笑。「誰這麼斗膽在老虎頭上撲蒼蠅？」他不置可否地聳聳肩。「可不可以帶我看看你的電腦？」他擺一擺手，本來不想惹事，轉念一想，兒媳的職業就是與電腦溝通，熟悉機械語言，且看她又有甚麼板斧。勉強掙扎起來，披上晨衣，領先進入書房。妻兒也在等候，他頃自來到電腦前，俯身按了座地電源，再按電腦開關，有點賭氣地指著暗黑的電腦熒幕說：「你看。」果真好看，話還未了，電腦眨動，突然大放光明，回頭看兒媳，俏皮地向他打了一個眼色。

過門都是客，儘管只是兒子兒媳到訪，他依然回房褪去睡衣，換上便服，未到客廳，聽得兒子與妻私語。

「最近叔叔是否經濟有困難？」

「其實是你的姑姐姑丈欠債纍纍，你叔叔自己有家庭負擔，唯有借丁屋的租金支援，千萬別告訴你爹哋，你知道他的牛脾氣。」

無意中知道實情他倒沒有不開心，沒事人般走進去，隔洋欣賞幼弟舐犢之情。「爹哋裝載小說的文件夾是給人格式化了。」餐桌上兒媳一邊吃菜一邊解釋：「剛巧近日公司購置一個軟件，可以用來重獲失去的數據，神效有如天師。把軟件放進磁盤裏，按下掃描的指示，軟件便會搜尋你心目中的文件。萬一找不到，依然可以試用深切掃描。爹哋的小說夾就在第一批文件裏，我只按動還原的指示，小說夾便重現眼前。」一板一眼的電腦程式通常聽得他懨懨欲睡，然而一天裏經過大起大跌，心情瞬間好轉，任是枯燥的語言也帶有音樂的滋潤。「我從來也沒有向人透露小說名，你又怎會找出來？」他用半好奇半開玩笑的口吻問。「我看到其中一篇有人家呀像沙呀漏去呀的字眼，還不是你的小說？」因為兒媳的聰敏，他不禁伸手過去，和她擊掌。「爹哋，既然你的小說夾這麼珍貴，我提議你用 USB 再儲存，以後就不用張惶了。」他點了點頭，忽然發覺一家人都停了手腳，注意力似乎都集中在他身上，這才意會到他們都吃飽了，只是自己今夜心情好，多吃了一碗飯，拖慢了節奏，匆匆把碗內剩餘的飯粒送進嘴裏。妻與兒媳收拾過碗筷後，兒媳舊事重提：「昨夜的怪客究竟是誰？可惜我要超時工作，不能參予盛會……」近日兒媳沉迷福爾摩斯片集，錯過了偵探的機會，總覺可惜。「爹哋可有酷似uncle的遠房親戚？」兒子附和著追根究底。「都已成過去，何必庸人自擾？最重要是一家平安。」倒是妻超然事外。妻慣常遞來水果刀和雪梨，讓他削皮，平時他可以一口氣把雪梨皮削成螺旋，這晚有點心不在焉，皮削到一半便斷了。「看來你急著審閱小說稿，就由我來接手，放你一馬。」兒媳向來喜歡說笑，語氣有點不分輕重，妻與兒子屏息靜氣看著他，他深深地看了兒媳一眼，把雪梨遞過去，拱手讓人說：「謝主隆恩。」一家人都笑起來。他踏著輕鬆的步伐離去，來到書桌前已經急不可待，按過密碼，文稿像絹畫般從熒幕瀉下來，他看到這麼一段：

似是預約，每隔一段時日，他總被同一惡魔纏擾，防不勝防。分明人在海外，坐著夢船飄洋過海卻可以回到祖居。門頂銘刻著「世承祖訓」的石匾就是他的指標，中門兩旁還有足容一人擠身進去的入口。明人不做暗事，他依然推開用酸枝木和鐵枝製成的門閂，穿過一道鐵門，半月形的水池映照庭院的花草樹木。踏過花崗石堆砌的幾道階梯，來到中廳，赫然發現早已辭世的父親坐在酸枝椅子，臉色森嚴似銅像，八仙桌上還擺有家法，父親不是穿著平日的白恤衫黑西褲，而是介乎粵語片灰暗的唐裝，衣袖捲起，疾言厲色地說：「臨終前我不是叮囑你們不耍出賣祖屋嗎？為甚麼不聽話？」言猶在耳，母親踏著蓮步出來，身穿窄身的旗袍，鮮明的錦緞上繡著暗色的花，是她年輕時的裝束。「你們不是也應允過會奉養母親一生嗎？為甚麼把她捨棄在老人院，任她受盡折磨而死？」

「都是幼弟的主張。」他連忙詭辯。

「長兄為父，你為甚麼要被後輩唆使？」

「我也不斷反對，他再三堅持，我實在不勝其煩。」

「把畜生叫出來。」

不用通傳，幼弟已經現身，穿一件米色休閒修腰外套西服上衣，藏青色西褲咖啡尖嘴鞋，黃白間條恤衫上沒有領帶，耳邊還附著智能手機收聽賽馬結果，黑白片忽然瀰漫局部七彩。

「你——」父親正要發作，幼弟已經用手推擋，還面對鏡頭說：「外表俊朗，胸懷廣闊，自選行走路線，首推IQ60。」幼弟大踏步向前走，攝影組沿著軌道輕推錄像機似讓路般向後退，高調照明燈打在幼弟的臉上，意氣昂揚，也不知道他是在説人還是説車。

「是啊！廣告時間！」父親如夢初醒，連忙掉轉頭説：「咳嗽痰多，嘔心欲吐，請多服陳情丸，早晚一粒，兩日見效。」接著母親為容貌矯治中心説好話，他也為一隻名牌手錶宣傳，四人還合唱一首安居置業歌。

「不肖子！你為甚麼要慫恿家人賣屋？」擾攘過後，父親回到正題，用手指向正廳一塊刻著「代代相傳」的石匾。「祖業是要守的。」

「爸爸！識時務者為俊傑。」幼弟嬉皮笑臉。另一塊寫著「書香門第」的牌匾忽然從門頂掉下來。

「廢話，我限你一星期內把祖屋贖回……」

「可有難度，我已經把賣屋的錢還了賭債。」

「你！」父親提起家法，就要鞭笞幼弟，毫無由來卻打在他身上，他叫痛，剎那間甦醒過來。

有人敲窗，他捲起百葉簾朝外望，綠葉轉黑，在夜空中狂舞，仿似千軍萬馬在屋外等人發施號令。與二樓齊高的無花果樹，領先用手拍擊玻璃，彷彿真要破窗而入，明知道是沒有殺傷力的禿枝，心頭依然一陣發麻。想是作賊心虛，文學史上的自傳體小說從來不討好，遠如一九二九年美國的湯馬斯．吳爾芙，未曾徵求鄉里與家人同意，把他們的缺憾和做人失德都寫進《天使望鄉》，暴露給全世界知曉，其後感覺內疚，自我懲罰放逐八年。近日挪威小說家卡爾．奧韋．諾斯加德把父親、前妻、叔父和祖母的私生活都寫進六冊鉅著《我的奮門》，評論家也認為太過分。無疑文學的目的不是獻媚，只是引來反效果，總值得重新斟酌，當然最妥當的處理是一筆勾銷。然而自己既然起了頭，半途而廢，又覺心有不甘。

迴避到電腦前，今夜熒幕上「幼弟」兩個字特別刺眼。剎那間，似乎微不足道的一件童年往事像一匹布瀉在眼前。生命裏總有一些黑暗的時刻不可告人，當時僥倖過關，過後回想捏一把汗。假日一家人乘火車到九龍探訪表舅父，成人在屋裏搓麻將，大妹和年紀稍大的表兄妹一溜煙跑掉，剩下他和幼弟玩捉迷藏。剪刀石頭布交鋒過後，幼弟輸了，頭伏在牆，雙手掩著眼睛從一數到十，他躡手躡腳找藏身的地方，一眼瞥見大妹從陋巷跑過來。他示意大妹噤聲，大妹附在他耳邊說：「哨牙表哥請吃魚蛋，要不要去？」新界也有魚蛋檔，自己就是饞嘴，也不管幼弟獨自在陌生環境，霎時間卸去兄長的責任，和大妹跑得無影無蹤。回來時發覺幼弟淚痕滿面，在橫街裏亂轉，他有點內疚，只好把手中吃剩的一串魚蛋遞給幼弟。幼弟接過來，狼吞虎嚥地吃下數顆，兩腮鼓脹起來。想是出於本能，幼弟把手伸過來與他相握，幼弟的手有點冰凍，像一隻信任的小鳥，毫無保留地棲息在他熱烘烘的掌心。每次想到這一握，彷彿鏡子反射，照見臉紅耳赤的自己。

原載《大頭菜文藝月刊》二〇一九年四月總第四十四期

致歉辭

纏腳布一樣的中文譯名令他頭痛。親友問起，他只說與准分子的科學攸關，透過激光，不知怎樣原位角膜就磨鑲了。無論如何，從醫院裏做過手術出來，他感覺到相似「凍齡明星」和「不老玉女」整容後的歡喜。當然，拿面鏡子給他觀照，依然覺察到嘴角的法令紋，眼角的魚尾紋，與及脖子的頸紋，頭殼頂著的不止是銀絲，而是花斑白髮，盤踞在左右兩鬢，騰出中央的空位似海。然而他是堂堂男子漢，不會為憔悴的容顏發愁。老妻陪伴回家，休息了一會，坐到客廳，隨手撿起咖啡桌上的報章翻閱。以前窈窕淑女般的字體，都顯得濃眉大目。想到架在鼻梁上七十多年的眼鏡，可以捐贈慈善機構，造福第三世界的貧苦大眾，心頭掠過一絲快意。好景不常，兒子不知從哪裏弄來一疊韓劇的數位光碟，晚飯後放到播放機獻映。從甚麼時候開始，文字再不是傳播媒介溝通的工具，化作雕蟲小技，片頭的工作人員表固然像象牙雕刻鏤空龍船，半透明的字幕浮游在白色的背景，更是印了等於沒印。兒子倒沒有讀蠅頭小字的困難，老妻架一副眼鏡，也清楚分明，唯是自己雙眼要不斷與字幕捉迷藏。韓語不靈光，於是提議兒子不如改播粵語配音版本，老妻卻認為看韓語正版才是原汁原味。雙方爭持不下，這次兒子卻維護他，停帶再播，登時是順耳的廣東話，可惜日間過度奔波勞碌，看不了一會，神智已經飛到九霄雲外。一覺醒來，第一集差不多播完，他完全掌握不到來龍去脈，只聽得身旁老妻的冷言冷語：「阿崩吹簫。」不服氣中帶點輕蔑，他舉手投降，承認自己已經昂然邁進垂暮之境。

身體疲勞還算事小，最苦惱是記憶力逐漸消逝。有時候坐在客廳，想到睡房取點雜物，來到房門口，完全忘記到來的意圖，家居有如十字街頭，站在正中只感到彷徨。本來下午看罷報紙，他喜歡吃一點水果，剝一個橙削一個梨，清熱潤肺。吃過後，果皮果核包裹進剛看過的報紙，乾淨俐落。近日老妻卻經常埋怨他把果屑隨處丟棄，桌面地板觸目皆是。第二天他提醒自己要把廢物放進垃圾桶裏，從廚房裏出來，還未坐好，又聽見老妻在低喃：「時常要人替你收拾爛攤子，你可以付得起多少高價聘請我？」怕聽老妻囉嗦，他索性戒掉下午吃水果的習慣。水果可以不吃，避免牙周病，臨睡前他總得先用牙線剔去埋藏在齒縫間的污垢，然後刷牙。近來十次中有九次他從浴室出來，又被老妻召回，指著黏在瓷盆間的牙線說：「這麼骯髒，你自己清潔。」分明記得各就各位，不明白牙線為甚麼又從廢物箱溜出來。下一晚進入浴室之前，他寫了一張字條，隨身攜帶，提醒自己把用過的牙線丟棄；出來時甚至忘記字條放在哪裏，當然逃不過老妻的氣焰。返老還童可悲，不在於心境，而是像小學生般接受老師訓導。

年齡相仿的友人一度感嘆：「高齡真是一份全日制的工作，需要二十四小時全天候勞心勞力照應。」初聽時他只覺得友人言過其實，近日愈來愈覺得友人說中心坎。也不是致命的重創，微恙就像一名旅行家，把身體各部份當作景點，擇日漫遊。眼睛和腦袋之外，這天又北上到額頭，起來時感覺自己彷彿置身風雨飄搖的孤舟。躺回床上，船身依然左右擺蕩，老妻用探熱針替他量體溫，並沒有感染風寒。那天老妻本來約了數名舊同事茶聚，眩暈的感覺一再偷襲，他實在有心無力，於是對老妻說：「不好意思，恕我不能奉陪，你自己去享用茶點吧！」「你這副模樣，教我怎能放心走開。」一陣陌生的感覺湧上心頭，他伸手過去，與老妻的手相握，老妻卻一把摔開他的手，帶點嬌羞地說：「肉麻當有趣！」然後像避難般坐到客廳。過了約會的時間，他試著坐起來，一切又回復風平浪靜，他從房裏出來，只見老妻滿臉掃興。前幾年老妻邀請他一同到社區中心學習社交舞，他擔心自己患有地中海貧血症不能應付，老妻就是這個表情。衰老總愛衝破兩夫妻一度又一度的底線，此後眩暈就像派發聖經單張的傳教士，隔不了多久又登門造訪，不勝其煩。

年事高，每次身體感覺痛楚，不期然就想起死亡，彷彿走投無路來到懸崖邊緣，不小心墮下，承接他的將是無盡止的黑暗。半夜醒來，胸口無由一陣抽搐的絞痛，他就禁不住走到絕路的張惶。他虛弱地呼喚睡在身旁的老妻，回應他的卻只是鼻鼾聲，於是想起死到臨頭，無論夫妻怎樣恩愛，也要孤獨面對。悲愴中他用掌心揉搓胸口，疼痛擴散開去，似乎好過一點，不久他也就沉沉入睡。醒來時疼痛已經消散，閒談間向老妻提起，也不過是信口開河。老妻卻沒有視作等閒，立刻致電家庭醫生，還說是急症，好博得當天就被約見的機會。家庭醫生如常饒舌，依然是一段長時期的輪候，量過血壓把過脈，不見異狀，寫紙給他到另一間醫療所照愛克斯光。得回的結果並無不妥，他趁機向老妻提議轉換家庭醫生，謀求第二專家意見。老妻的推論卻是，兒子未出世前已經光顧這位醫生，也算是老字號，況且他的診所離家最近，乘搭電車一個站便抵達，交通方便，還是以不變應萬變。習慣總是這樣不可更改，胸痛就像生命裏的遺憾，消除不了，只好忍受。

乳糖不耐症本來是陌生人，與他並無親屬關係，最近卻與他稱兄道弟。他早知道腸胃不能承受瓶裝的凍奶，只能讓沖了熱水的煉奶沾唇。近來腸胃連煉奶也抗拒，一喝下去，便肚痛腹瀉，他卻是從小喝煉奶長大的，老妻還剛為他買了一打罐裝的煉奶，也不知道怎樣處置。家庭醫生診斷過後，證實含乳糖的奶類與他日漸衰弱的內臟不協調。發展下去，連油膩的肉食也不能吃，先是牛扒，然後豬扒和雞胸肉陸續出事，偶然嘴饞，勉強吃下，立刻引起類似喝煉奶的效應。老妻好不耐煩，一再抱怨：「這樣揀飲擇食，教我怎樣燒菜？你可以吃素做和尚，我可不甘心當尼姑。你是不是嫌我不夠忙，要多給我功夫做？」他也沒有答案，只知道自己的身體本來一若根基穩固的建築，經過多年來的風吹雨打，逐漸變成一幢危樓。

相較起來，左手的大拇指轉動時隱隱作痛，走動多了，右腳的靜脈曲張，一陣抽搐，都似乎是雞毛蒜皮的事。他有一個世姪是脊骨神經醫師，以前他下背痛，經過世姪的手技療法，肌肉立刻舒緩，然而大拇指對決頑強的寒暑後甘拜下風，世姪再不能妙手回春。退休之後，吃過早餐，他往往陪同老妻到樓下的休憩公園走幾個圈，算是晨運。近日老妻快步走，自己急起直追，回家後右腿便不適，如果因為想保持健康而招致病痛，實在不值得。為免抽搐會衍變為靜脈曲張潰瘍，以後謝絕與老妻同行，避重就輕，再三掃老妻的興，只贏得老妻封贈他為大悶蛋的雅號。

天倫樂在這一家庭心目中可說是一份久遺的情感。晚飯後兒子把平板電腦擱在飯桌上繼續工作，老妻一屁股坐在客廳的長沙發握著手提電話，與好友高談闊論。他坐在老妻身旁，全神貫注讀報章最新的文娛消息，河水不犯井水湖水，並沒有匯成一片海，倒也各適其適。這晚老妻話題枯竭，收起手提電話，到廚房喝一杯水，猛然怪叫一聲，出來時便向他大興問罪之師：「喂！你儲了這麼多舊報紙，究竟存的是甚麼心思？」他抬起頭來，大惑不解地望向老妻：「大家不是說清楚，過兩天我會拿到回收鋪出賣嗎？」連兒子也回過頭來，記得父母親本有默契，老妻卻不肯罷休：「拜託你了，幾毛錢也要貪，算我求你，現在就拿到樓梯間，待倒垃圾的到來清理。」他也不爭辯，拖曳著腳步來到廚房，舊報紙早已用尼龍繩紮緊，搬運起來也挺方便。儘管左手的大拇指不爭氣，其他四根指頭依然有力，他提起來走到梯間，想是尼龍繩不夠紮實，還未來到垃圾桶旁，報紙忽然鬆脫，四散開去。一一拾回來堆疊好，回屋取尼龍繩和剪刀，重新紮一次，大功告成。想是蹲在地面太久，重新站起來，只覺腰酸背痛。用雙手往後搓揉，不意自己站在樓梯邊緣，一時失了重心，眼看就要墮向樓梯底，反手執著扶手，總算把身子穩定下來。然而手腳與牆壁磨擦，覺得一陣刺痛，臀部重重坐落石階，似有針錐。昏暗中他只感到孤立無援，休息了一會，心神稍定，勉強站起來。兒子似乎剛做完帶回家的工作，正與老妻閒話家常，見他蒼白著臉，老妻大吃一驚：「怎麼臉青唇白？」「沒事沒事。」他擺著手說。「還說沒事，手腳都流血了。」這時候，他倒後悔自己穿著短衫短褲。「只不過在樓梯間摔了一跤。」「你說得倒輕鬆，老人家跌倒，非同小可。」老妻說著轉向兒子：「阿孝，還是陪他到醫院照一照愛克斯光吧！」也不等他回應，老妻已經電召了計程車。臨行前，老妻替他洗淨傷口，貼上親膚防水膠布才放行。整理衣裝時他感到筋骨酸痛，老妻助他套上外衣袖，俯身給他繫鞋帶。從站立的角度看，老妻似乎有意將功贖罪。

半睡半醒之際，聽見不遠處有人竊竊私語。他剛從醫院裏回家，兩天來因為照愛克斯光費時失事，加上心中始終有所牽掛，睡得不好。報告出來，說髀骨沒有折斷，他才鬆一口氣，猛然卻聽到老妻斬釘截鐵地說：「還是把他送進安老院算了。」兒子倒有點詫異：「醫生不是說沒事嗎？」「老人家跌了一跤，就會接二連三出事，終致不可收拾。我整天忙，不是學打太極拳便是跳夏威夷舞，還要經常到安老院和社區中心表演，哪裏有時間看顧他？」「臨急臨忙到哪裏找安老院呢？」「我經常去表演的安老院說，遲幾個月可能有空位。」原來老妻早有預謀。兒子嘆了一口氣，他隱隱感到兒子的目光掃過來，帶著憐憫，趕忙緊閉雙目，假裝熟睡。「喂！前幾天傳給你手機的照片，覺得怎樣？聽說人品不錯！」老妻另起話題。「遲些再說吧！」兒子推搪著。「還等甚麼？離婚手續不是早已辦妥了嗎？我可是等著抱孫哩！」平日老妻拼命追趕潮流，不肯認老，為著傳宗接代緊張，卻又露出狐狸尾巴。老妻窮追不捨，他聽見兒子再嘆一口氣。醒來時老妻卻體貼地坐在身旁，看見他睜開眼睛，興高采烈地說：「我煮了雞湯給你補身，想是涼了，讓我重新燒熱後端給你喝。」一瞬間老妻竟像畫裏走出來的天仙，他困惑地看著老妻從門後消失，剛才聽到的是一場夢魘嗎？他不敢求證。

第二天起來，兒子早已上班，老妻也外出。趁自己精神還富足，掏出手機按過電話號碼給友人，約到家居附近的茶餐廳見面。「你十萬火急約我出來，到底幹甚麼？我身上長的蜘蛛瘡還未完全痊癒。」友人走進來時拖曳著腳步，語氣中帶點埋怨。「甚麼蜘蛛瘡？」這個名詞對他竟然陌生，真是活到老學到老。「俗稱帶狀皰疹，說得難聽一點就是生蛇。」知識要從受苦得來，不學也罷。友人改用俗語，他倒明白過來，記得兒時曾經患過，皮膚上忽然出現不規則的紅色斑點，迅速聯群結隊集結成綠豆樣的水疱，似恐怖片的化妝，在現實生活裏卻是揮之不去，猶幸毒發後便終身免疫。友人似乎沒有那麼幸運。「你現在覺得怎樣了？」他感到有點內疚。「還不是全身酸軟，沒有胃口進食，神經又痛，整晚不能熟睡。」說著還扯下頸後的衣領，水痘結疤後像乾了的淚珠，欲哭無淚。「要不要我送你回去？」「年紀大了，抵抗力弱，不是頭暈身熱就是手腫腳痛，我不是說過，高齡是一份全日制的工作嗎？你究竟有甚麼事呢？」「我想你……陪我到文娛中心買一張音樂會的入場券。」他半吞半吐地說。「你真好興致，這把年紀還在附庸風雅。」友人的語氣中帶點諷刺，他也不說甚麼，從口袋裏掏出一段剪下來的廣告，上面有「單簧管獨奏：常念茵」的字樣。友人把剪報遞還給他，不再多話。

文娛中心與茶餐廳也算是老街坊，只三條街之遙。兩人本來可以徒步，走出大街，友人卻埋怨神經隱隱作痛，雨便陪哭般灑下來。他揚手截了一部計程車，打開車門讓友人先鑽進去。來到文娛中心，雨已經變成黃豆一般大，兩人沒有帶雨具，狼狽地闖進市政大樓。天有不測的風雲，只證明生命裏數不盡的坎坷。過路人措手不及，紛紛推門進來，一時文娛中心變成避風塘，充斥著汗酸與雨腥的氣味。

大部份人只想到進來避難，隔著玻璃望天打卦。假如文娛中心依靠他們存活，相信不足一年便要關門大吉。算是苦中作樂，倒有滋事客挑弄櫃枱上的單張，無意間發現自己喜愛的節目，也喜孜孜地混進票房前的人龍。窗口有人正和售票小姐打交道，友人與他排第二位，友人架起老花眼鏡，趁機與他選擇音樂會的時間。「從星期五到星期日，音樂會日夜舉行五場，你打算看哪一場呢？」友人問。「晚上內子和兒子都回家吃飯，不太方便出外。」他有點避忌。「那麼就挑星期日下午三時的一場吧，阿孝不用上班，可以陪你，大家有個照應。」「不要！不要！這件事我只想一個人辦。」「那就選星期六下午的一場吧！」輪到他們的份兒，售票小姐詢問日期時間，在電腦鍵盤敲了幾下，熒光幕顯示一個座位表，「我要坐前座，好看得清楚。」他說出心願。「那就選擇堂座前排吧！」售票小姐提議，「嘩！四百八十元正！」友人瞠目結舌。「人人都像你這樣肉痛，音樂家可要喝西北風了！」他對音樂所知有限，想起念茵，心間一陣溫柔。「而且老人家還有半價優惠。」售票小姐推波助瀾。「那就更美滿了。」他毫不猶豫從外套的袋掏出錢包，用信用卡支付。「請核對日期時間，我們不負責退票的。」這才是他邀請友人相陪的原因。但他不是過橋抽板的人，謝過售票小姐，他轉問友人：「你覺得怎樣了？來吧，讓我送你回家。」大堂隱約傳來音樂聲，有人在排練室試彈一段中樂，友人認得是自己平日哼唱的〈平湖秋月〉，音樂有雅有俗，都可以使人流連。「剛才大家有商有量，我倒忘記自己的病痛。反正回家也是活受罪，聽說這裏樓上有餐廳，不如上去坐一會，我請你喝咖啡。」文娛中心忽然變成奶媽的懷抱，友人返老還童，電梯門開，一頭栽進去。

歲月清淡如白粥，袋中一張入場券，就像佐餐的油炸鬼，連平日呱呱聒噪的老妻也像在唱小調。轉眼音樂會的星期六便到了，兒子照常返回公司開會議，老妻又約了團友到安老院表演，他樂得獨自一人在家，籌備赴音樂會的事宜。

十二時未到，已經洗過澡刮了鬍子，打開企身櫃取西服，鏡子反映自己，孖煙囪下的雙膝肌肉鬆軟，文化恤外的手臂佈滿老人斑。都說人靠衣裝，一旦套上白恤衫深藍色長褲，一切又都掩飾過來，他覺得自己起碼年輕了五年。穿褲頭帶卻費了一番周章，皮帶穿過耳套，本來像火車穿山洞轟隆轟隆，偏要欺負他，癱在手裏像死蛇爛鱔，不聽使喚。他別轉身穿皮帶，總是錯過一、兩個耳套，站在鏡子前團團轉，像追逐自己尾巴的家犬，不禁笑起來，索性脱去長褲，就著窗戶的陽光，總算把皮帶懾服。打領帶又是另一番掙扎，他並未曾患上柏金遜症，雙手依然禁不住微微顫抖。領帶套過衣領分成兩截，互爭長短，就是不肯妥協。眼看十多分鐘就這樣白費，索性扯下來。兒子本來送給他一條假呔，綠色與藍色固然不配襯，掛在頸前也覺得不倫不類。而且移動兩下，整條呔便掉下來，穿上西裝上衣沒有打呔，又像缺了聲帶的有聲電影。衣飾的配搭始終是一門學問，倘若老妻在場，一切都會迎刃而解。只是今天他要宣佈自立，脱去西裝上衣，換過淺灰色的風衣，解開頸頭鈕扣，反為感到一點瀟脫。別指責他過分修飾，到底不是到平民夜總會聽街頭賣唱，穿適當的衣服，是對表演藝人起碼的尊重。還好數天前他已經勉力用鞋油擦亮皮鞋，踢去拖鞋，換過鞋襪，可以起步。臨出門前他不忘帶一件灰色冷背心，老人家體弱，需要抵禦冷氣的盔甲。

退休後朋友不多，加上他個性內向，雖然未致於三步不出家門，活動範圍也只限於家居附近。這次趕赴音樂的盛會，勞師動眾，倒有點像鄉巴佬進城。會場在海那邊，避免舟車勞頓，他打算乘搭地鐵過海。長久沒有光顧，佈滿廣告和店鋪的車站像鬧哄哄的購物商場，四面八方設計了千百個出入口，似乎存心和他玩捉迷藏。臨老要宣佈獨立也不容易，他左顧右盼，就是找不到入口，唯有硬著頭皮問迎面而來的女客，總算把他帶到關卡前，擦過八達通卡，月台卻在數層樓下面，需要乘搭自動電梯下去。他已經遵從指示，乖乖地站在電梯右邊，心急的人依然從他背後竄出來，三步並作兩步俯衝，而且不止一個，更像大隊人馬。儘管他未曾涉足沙場，依然可以想像到衝鋒陷陣的氣勢，趕忙抓緊扶手，恐怕被人潮撞倒。論理列車每隔數分鐘開出一班次，不明白乘客為何這樣著急？猛然醒悟這是一個心浮氣躁的年代，自己心平氣和站立著，似乎穩如泰山，其實更像古老石山。車廂又是另一副奇境，左右各架一張長椅，每張容納六名乘客，十二人紛紛低頭面向手機，不是發放電訊就是玩遊戲，黑暗的地洞裏亮起慘白的光，分不清白晝還是黑夜。行車加速說是節省時間，其實也不過是自我安慰，短短的車程也像艱辛的歲月，乘客的身軀隨著車廂微微晃動，都沉醉在一方框的眩暈與不真實。猛然列車緊急煞制，他人矮，伸手也夠不著懸梁上的扶手，連忙握緊身旁的鐵柱。面前的男人這才想到起身讓座，他正要走過去，一個少年已經從他背後擦過，霸佔座位，繼續與空氣中的友人聊天。男人正想與少年理論，他擺手搖頭，作出息事寧人的姿勢。他只不過是個膽小如鼠的糟老頭，追隨心的指引，想要完成一件微不足道的任務，旁人無容為他動氣。

場刊靜靜地躺在椅墊上，待他撿拾，坐下來他忙不迭翻到介紹常念茵的一頁。是近照嗎？她面對單簧管的吹口處，雙手按著簧片，全心全意要把自己獻給音樂的神情，他倒是熟悉的。戴上老花眼鏡，正要仔細參詳她的傳略，燈光已經轉暗，管樂吹起四個音符，也不用翻場刊，已經認得是孟德爾遜的〈仲夏夜之夢序曲〉。都說弦樂急奏模仿林中仙女疾走的腳步，他卻覺得孟德爾遜一撒手，音符都變成一隻隻蝴蝶飛向觀眾席，瞬間音樂帶有彩虹的迷幻，彷彿化作祥雲負載我們到慶祝婚禮大典的皇宮。大提琴仿傚驢叫，嗩吶吹奏號角的召喚，為宴樂平添嘉年華的氣氛。鐘鼓齊鳴之後，急驟的弦樂，皇族氣派的宮廷音樂，驢鳴和獵角交替響起，為我們做好心理準備，聆聽一段和風似的悠揚樂韻。他對古典音樂並不熟悉，只知道這是奏鳴曲式，包括呈示部、展現部和再現部，悠揚樂韻應該屬於展現部吧？年輕時在教育局工作，為中學生編寫過《莎士比亞劇作》的導讀，倒熟悉《仲夏夜之夢》的劇情。文字轉為音韻，派克散佈的愛情藥應該不是滴在情人眼裏，而是聽眾的耳鼓，縱是噪音都化作天籟。這序曲聽說是孟德爾遜十八歲時，坐在花園的樹下，聽見枝葉在風中沙沙作響引發靈感，音樂展現的驟變情緒，倒切合年輕人的心態，孟德爾遜串起來卻是有板有眼，像瀝瀝的清泉。剛才在地鐵沾染的戰慄與塵埃，都給洗滌殆盡，存心等待常念茵出場。

獨奏之前，莫扎特的〈A大調單簧管協奏曲〉有一段長約三分鐘的樂團前奏，常念茵握著單簧管，站在黑海似的團隊制服前，耐心地等候。這天她把長髮挽成腦後的髻，薄施脂粉，露臂的藍色長裙似掛在小酒館前的門簾，一對耳環就是身體最奢侈的部份。闊別多年，浮華世間的瑣碎還是沾染不到她的足尖，她微昂著頭，輕吐舌尖微舔嘴唇，伸手擦鼻，舉起單簧管校正口的部位，在他不為意間，已經滑進音樂天地，有時與樂團合拍，也會離經叛道，獨創一格。她似乎陶醉在一個長長的音符，雙目閉上，長裙搖曳生風。近來在電視看到很多獨奏的鋼琴家，喜歡把音樂聽當作一條船，身軀左右搖擺，似與海浪搏鬥的船夫，常念茵卻是意定神閒，揚眉就是她的大動作，被音韻感動的一刻，頂多用單簧管在空氣中劃一個感嘆號。單簧管的音色本來高曠尖鋭，她的手指在音孔間跳躍，為銅綠色的樂器按摩，單簧管吐出低音。她為觀眾示範這樂器的寬廣音域，依然不大滿意，稍一停頓，用手指調校吹口，務求盡善盡美。進入慢板樂章，這次輪到常念茵領奏，樂團追隨，常念茵吹出一段，樂團似牙牙學語，語音的轉換可以突如其來，嚦嚦鶯聲急墮為老牛的鳴叫，帶點滑稽的轉折。常念茵吹起來卻是一本正經，雙腮鼓脹，臉色紅潤富足，巔簸的音樂歷程沒有把她難倒，帶著太極推手的悠然，以為慢板有傷元氣，是最難吹奏的一部份，卻是迴旋快板見她面有困色，可能急促回氣對吹奏者是一種挑戰，只見她緊鎖雙眉，額頭呈現摺痕，瞬間眼耳口鼻擠作一團，帶點痛苦的神情，快樂是否恆常需要用苦楚來交換？觀眾聽得輕鬆，吹奏者似乎要作出一點掙扎。直至曲目圓滿結束，常念茵方舒一口氣，臉上流露剛哭過的表情。這一刻她把單簧管像棒杖般擱在右肩，帶著女神的貴氣，男童出來獻花，她才把樂器交回左手，右手捧著花束，向觀眾鞠躬。吹奏者為了藝術作了某一程度的犧牲，觀眾怎能不心存感激？常念茵三度出場謝幕，他鼓掌之餘，也隨著大部份觀眾站起來。

中場休息，他已經急不可待，從帶位姐姐口中探得後台所在，越過長廊走去。不用通傳，已經看到常念茵在化妝間外，被三名女學生團團圍繞，向她請教吹奏單簧管的竅門。他含笑退到一邊，待女學生散去，才趨前遞上場刊說：「常小姐！可否替我簽個名字？」

常念茵正要轉身隱回化妝間，聽見呼喚，轉過身來，又驚又喜：「老爺！」儘管她學西洋音樂，帶點洋派，老幼尊卑她倒沒有忘記，趕忙把他迎進房內。掛著一長串燈泡的化妝鏡反映一張長沙發和兩張坐椅，兩人身上的藍與地墊的藍押韻。

「很久沒有聽你演奏，同樣扣人心弦。」他說的是真心話。常念茵的臉頰飛過一抹紅霞，熱誠地問：「大家都好嗎？」

他略點頭，更急切的想知道：「有沒有空去喝一杯茶呢？」倒記得念茵不太熱衷咖啡。

「中場休息之後，樂團會演奏普羅哥菲夫的《古典交響樂》哩！」想是她心愛的樂曲，她有點為難。

「我們可以先聽音樂再喝茶，我買了票。」

「好。」常念茵人也爽快，隨手從椅背拿過一件米色的毛衣，兩人喜孜孜地溜進音樂廳，指揮剛巧出場。

普羅哥菲夫原來是個頑童，表面上溫文爾雅，其實不斷開音樂的玩笑，有點像兩世紀前的海頓，卻是青出於藍。開場不久，已經在緩慢的節拍引入急促拉奏的琵音，又突然從D大調跳到C大調，屢次向觀眾的期待挑釁，音樂始終迷人和無傷大雅。聽著快板的第一樂章，他想起常念茵拿手炒的一碟菜。炸成金黃色的油炸鬼，與拉油至八成熟的牛肉放進同一鑊裏，加入蜜豆、雲耳，最後放入滰過水的馬蹄，美其名為「鬼馬牛肉」，兒子與他吃得耳朵跳舞。平日兒子一本正經埋頭工作，居然讓他遇見這名鬼馬女郎，真是天賜良緣。初嚐老妻不置可否，多吃了幾次，還撅著嘴唇說：「雕蟲小技。」交響樂忽然進入緩慢莊嚴的小廣板，顯然不及柴可夫斯基與拉克曼尼諾夫的深思熟慮，依然充滿優雅機智，建基在第一樂章的快速拉奏演變為超強高音，對第一小提琴組無疑是一項挑戰。重新想起常念茵，已經快速進帶為兒媳，婚後第一年，全家人為兒子賀生日，老妻特別訂了生日蛋糕，插上蠟燭，囑咐兒子許願。兒媳請大家稍待，從房裏出來，亮起單簧管為兒子吹奏，傳統的生日歌經過她重新編排，順口溜的詞句都深懷愛意。兒子忍不住在她臉上輕吻，老妻冷眼旁觀，像失寵的皇妃無事生波地說：「這傢伙真吵耳，從街頭吹響，街尾也可以聽到，希望鄰居不會投訴。」還用手肘向他碰撞，迫他同意。只應該發生在粵語片的橋段，在現實生活搬演，本來令他啼笑皆非，感覺到老妻的醋意，他又左右為難。兒子也感到形勢不對，慌忙收斂笑容，遵從母意吹滅點燃的蠟燭。沒有人推波助瀾，老妻的怨恨還是無限放大。表演在即，兒媳忙著與樂團排練，一晚八時半後才歸家。平時一家人晚上八時用膳，那晚老妻特別提早半小時。兒媳回來時，飯桌已經收拾乾淨，老妻揚聲對兒子說：「請轉告你的寶貝太太，若是肚餓就要自己動手，我可不是她的近身侍婢。」兒媳似乎早料到老妻有此一著，笑吟吟地來到他們面前，打開一個紙盒說：「我早已和團友吃過飯了，知道老爺奶奶喜歡宵夜，特別買了蛋撻，請兩位不要客氣。」〈古典交響樂〉的第三樂章取名「嘉禾舞曲：不過分的快板」，帶點諧謔曲的成份，卻比較短。他胡思亂想的一刻，樂章已經奏畢。不經不覺又到了俏皮的終章，持續的活躍板，他聽來只覺得輕鬆。聽說普羅哥菲夫其實假裝不經意地狂開音樂的玩笑，笑話層出不窮，只有內行人心領神會。兒媳就是內行人，記得她在家聽鐳射唱片的版本，笑得死去活來。她已經躲在房裏，而且戴上耳筒，老妻依然不肯放過，揚聲說給全世界的人聽：「聽音樂也會笑的人簡直是白痴。」這時兒媳坐在身旁，不斷掩嘴，一度還溜出音樂廳縱聲狂笑，他只感覺她的真性情。

耳際仍然縈繞娓娓餘音，他們已經座落音樂廳附設的咖啡座。侍應忙著招呼接踵到來的散場客，但見燈影剎那間落在他們肩膊，卸到地板，又攀爬到他們項背，像揮之不去的日常操作。他趁機向兒媳問好：「也不過是東奔西跑，沒事找事做。」兒媳聳聳肩說，剛參加過林肯中心的《絕大部份是莫扎特音樂節》回來，過兩個星期會到阿姆斯特丹主持大師班，今年的行程還會包括聖保羅管弦樂團、巴黎室樂團、奧克蘭管弦樂團、倫敦皇家管弦樂團，都是當獨奏，正與鐳射唱片公司洽商，明年會灌錄莫扎特與韋伯的弦樂四重奏。她不喜歡購物，每到新的城市，只在音樂廳與酒店之間奔波。看到的不外是框在四方窗的風景，是她自己選擇的生活方式，她並沒有抱怨。「有想過組織新家庭嗎？」將來的事誰可預料？她可沒有積極物色對象。近年她參予勒布朗實惠計劃，讓年輕一代也可以負擔自己演奏的樂器，音樂學生就是她的兒女。他臨窗而坐，落日的餘暉投影在他身上，眨眼間映得他容光煥發，反為兒媳坐在卡座的另一邊，全靠室內的燈球施捨。人們不斷走過，照得她的臉孔忽明忽暗，像一間烏燈黑火的房間，靠住客進來點燈燃亮，帶點神秘感。事實上他對兒媳又知道多少？也不過是從兒子口中，知道她四歲已經學習吹奏單簧管，後來到印第安那州大學的音樂系升學，還到德國追隨薩賓娜·邁耶學藝。年齡差距加上尊卑有別，兒媳從來沒有令他心跳，他又不便開口問她可曾覺得寂寞，總覺得兒媳是隱在音樂學院角落的一尊雕塑，學生走過，沾一沾她的裙裾，冀求帶來幸運。她立在一隅，始終是孤寂的，想想歉意又像螻蟻攀爬上身。

兒媳並不餓，他專程到音樂廳也不是為了咖啡座的點心。侍應過來招呼，他們只各點了一杯茶。旁邊的卡座，客人像釣魚般扯著線把茶包從水中提起來放到碟子，濕淋淋的茶包像生病的貓有氣無力地倚著瓷杯，忽然讓他想起一個用過的套。說起來已是多年前的事。一天早上老妻戴著膠手套，從浴室的廢物箱裏撿來這個套，鐵青著臉說：「這是甚麼意思？」他從來沒有想過避孕，聳聳肩膊不置可否，老妻不肯罷休，晚上兒子一放工回來，立刻問罪，兒子像突然給人發現自己的怪癖，漲紅著臉說：「是念茵的主意。」當晚念茵舉辦獨奏會，老妻無從發洩，咬牙切齒地說：「這個女人真狠毒，余家只有仲孝這個兒子，難道要我們絕後？」兒子顧著工作，三十多歲也沒有意圖結交女朋友，經人介紹總算認識了念茵。老妻依然不順心，念茵成了兒媳後，偶然對她和顏悅色，也不過想她快為自己添個孫子，兒媳是傳宗接代的工具。和老妻相處多年，他深知道老妻的脾性，何況一自盤古初開，直至粵語片黃曼梨的時代，無定向的生命總令老去的女性張惶，一定要抓點牽絆，好向先人有個交待，子嗣就是他們的把柄，過了千禧年也未有悔意。他知道多說無益，索性把話都悶在心裏。

紅茶端來，兒媳的手提電話適時響起，是指揮打來。兒媳道歉後匆匆溜出咖啡座接聽，他無聊地等待，耳際猛然傳來兩聲犬吠，他不由自主慌張起來。這回真是心跳，是驚駭的心跳，幽靜的咖啡座居然容許犬隻出入？抬起頭來卻是一個客人推動椅子在地板發出磨擦的聲響，他不禁啞然失笑。自從發生事故，他對犬隻始終有點避忌，對於寵物他本來持中立態度，老妻有潔癖，也不太熱衷，然而老妻有好友外遊，三番四次懇求他們當狗褓姆，老妻一時心軟，也就勉為其難。那是一隻大黃狗，可能天性友善，和他們混了半天已經熟絡，忠心耿耿尾隨他們，一見到狗糧便走過去，有奶便是娘，幾乎可以反面不認原主人。黃昏兒子兒媳歸家，也搖尾歡迎，相安無事。

還記得是一個月一次的例行公事，晚飯後兒子與他留在飯廳，打開手提電腦，讓他登入銀行戶口，網上轉賬。每次要過兩關，第一個暗碼平鋪直敘，無驚無險，第二個卻是跳格，八個暗碼中有五個用陰影取代，只需輸入空白的三個，每次他都搞到頭昏腦脹，這晚卻很順利。他自豪地抬起頭來，客廳裏，老妻與兒媳各佔沙發的一角，老妻追看國產的古裝劇，兒媳把單簧管拆開，細意拭抹，大黃狗蹲在老妻腳下，嘴裏還啃著晚飯吃剩的骨頭，一幅萬事興的畫圖。有一陣子老妻還移到沙發的中央，撿起單簧管的散件，逐一向兒媳請教名字，空氣裏有一份安詳，有誰料到這是暴風雨來臨前的死寂，世事就是這樣教人束手無策。

「喂！你們兩夫婦究竟幾時解禁？」老妻忽然故作親昵地問。他在鍵盤的手震抖了一下，兒媳不是已經向她交代，這幾年存心操練技藝，生兒育女會是一個負累？劉海垂到眼前，兒媳輕輕撥向後，突出寬廣的前額，有人説是倔強的象徵：「過幾年再作打算吧！」

「過幾年？」老妻揚聲高叫：「你老爺和我都行將就木了。」

「奶奶！真是對不起！」

「這件事不是說一聲對不起就可以解決的，現在我給你兩個選擇，一是納妾，一是離婚。」

「奶奶！現在是二十一世紀，納妾是不合法的，我與仲孝感情融洽，也不至於鬧離婚。」

「甚麼叫做不合法？難道你要和我們打官司？現在我警告你，再不生養，我可以叫仲孝休妻。」近年老妻愛看古裝長劇，旦夕不休，把電視劇裏虛構的條文都拿到現實生活辯駁。他聽得兒媳一聲冷笑，以後的事便模糊了。

忙亂中只聽見老妻發出雷霆的一聲響，詛咒便像橫風橫雨朝兒媳身上拍打。本來似獅子般的怒吼，忽然又混雜著幾聲狗吠，空氣中充滿原始森林野獸的體臭。老妻的身裁比他更矮小，坐在沙發上遠看似乎被椅墊吞噬，幾乎隱形，倏忽間只見大黃狗一躍而起，彷彿老妻的惡毒都形象化為凶犬，向兒媳撲過去。

兒媳剛用超細纖維抹布拭擦簧片的指紋，正把棉花塞進吹口，冷不提防大黃狗有此一著，本能地用樂器擋駕。單簧管卡在大黃狗的利齒間，一時不能噬咬，依然揮動利爪，兒媳向來冷靜，情不自禁也驚呼起來。他趕過去，兒媳已經手腳流血，衣服有幾處也被撕破。他高聲向大黃狗叱喝，奮不顧身扯著牠的項圈，牽進廚房，用力把單簧管從狗口中拔出來，廚房門關上，大黃狗還在狂吠。

老妻重新出現在沙發上，想是過分激動的緣故，臉孔漲紅而且帶點浮腫，嘴角掀起冷笑，雙手抱胸，像個被寵壞的嬌娘，把仇恨當作喜劇看。兒子合上手提電腦，正要走來客廳，老妻一聲叱喝，兒子僵在原地，汗水不斷自髮間冒出，掏出紙巾拭抹。兒子本來是健康的男子漢，因母之名，顯得臉色蒼白。兒媳已經稍為回復鎮靜，身軀卻像風中的樹不斷抖動。他再按捺不住，哪管老妻囉嗦，氣沖沖地到兒媳的房間取來一件大衣，助她披上。還是不蔽體，她頃自回房更衣，然後由他帶領到醫院驗傷。

兒媳沒有起訴余家，只承認自己敵不過惡勢力，向法庭申請離異，暫時分居。她離家的那個下午，兒子找個藉口溜了出外，兒媳的兄嫂過來幫忙收拾細軟，先行離去。兒媳一手挽著樂器箱，一手挽著行李，來到他們的房門前說：「老爺奶奶！我走了！」他站起來說：「請你等一等，我換件衣服送你下去。」老妻不耐煩地說：「你有很多空閒時間嗎？你不是說要換床頭櫃的電燈泡嗎？」多月前的勇氣不知消散到哪裏，他站在原地，忽然體會到兒子當晚的窘境。「不用客氣！你們保重吧！」兒媳體諒地說，來到大門前，還要把樂器箱夾到左腋下，才能扭開門旋。

收起手提電話，兒媳匆匆回座，不好意思地說：「老爺為甚麼不先喝茶，怕都涼了。」

「我專誠等你的。」他摸一摸壺腹，依然手燙，滿意地笑，然後鄭重地望向兒媳。

提起茶，兒媳忽然想起結婚當晚，傳統的新娘穿著刺繡裙褂，受人擺佈。金色的龍鳳在紅地白花間穿梭，濃妝豔抹之外，還要在髮鬢插一朵大紅花，要多俗豔就多俗豔。人妗姐遞來一杯茶，茶煙裊裊，絲絲縷縷彷彿來自上古。兒媳自幼學習西洋音樂，對莫扎特尤其著迷。自己作新娘，日間在教堂聽過孟德爾遜的〈結婚進行曲〉，晚上的喜宴打算用〈費加羅的婚禮〉序曲襯底，奶奶卻堅持用喜洋洋的廣東音樂，吹打音樂吵得頭昏腦漲。她不能免俗，迷迷糊糊便在老爺奶奶跟前跪下來。

這時只聽得他說：「我是音樂的門外漢，直覺上感到你的吹奏技巧愈來愈登峰造極，你對自己的成就一定很滿意。然而請恕我多心，總覺得一個人無論是平常人還是藝術家，心靈暗處總有一點欠缺，需要用家來填補。你絕對擁有這個特權，是我們把你這個特權剝削。我成長在一個傳統的父權社會，自幼看到家中很多婦女，在禮教下飽受委屈，很是看不過眼，但又有心無力。初邂逅你奶奶，明知道她比較刁蠻任性，因為童年的經驗，對她特別寬容，想不到母權社會一樣充滿權力慾，沒有人欺負你，你卻會反過來欺凌弱小。怨恨有時更令她們失去理智，可以一發不可收拾。這麼多年來，已經超出我能管轄的範圍之外，連累你受皮肉之苦，令我痛心疾首。十多年來，內疚令我像患了風濕，每遇到刮風灑雨，手腳便無由地酸痛。我已經愈來愈不中用，趁著我還可以走動，只想再見你一次，向你說一聲對不起！」

他揚手請侍應端來一個空杯，在內裏傾注了滿滿的一杯茶，雙手捧起茶杯，低下頭來，恭敬地送到兒媳面前，就當作一根請罪的荊杖。

原載《香港文學》二〇二一年八月號總第四百四十期，略有增刪

that the marks he saw were because the mirror had not been cleaned in a long time. Looking closer, he became instantly wide awake. The mirror revealed a face that looked like a horseshoe-shaped flowerbed dotted with daisies.

worried about him?" The brother-in-law's question, more like a statement, may have been innocent enough, but the tone reminded him of the cougher he had encountered at the computer lab. It seems disrespect is contagious, he thought.

"No need, sis, I had my dinner," he fibbed, quickly adding, "Thank you anyway" as he closed the door to his own room.

Perhaps because of hunger, he didn't sleep well for much of the night and was disturbed by a bad dream. It seemed countless insects were crawling over his face, causing him to scratch it while half asleep. When he finally awakened, it was already broad daylight and his sister and brother-in-law had gone to work. Drowsy, he stepped into the bathroom and began washing his face, but as he did so he felt something strange on it. Glancing in the mirror, he initially thought of the sidewalk and shrubs the other as he leisurely walked home. Unfortunately, one of his shoes was coming apart, causing him to walk like a canoe in rough water; only the knapsack on his shoulder kept him balanced. Unwittingly, he kicked an empty can which rolled ahead making a clanking sound. Embarrassed, he hurriedly rushed over and stopped it with his foot.

Entering his sister's house, he passed by the living room and, glancing in, noticed that she was watching television while her husband was clacking away on the keys of his laptop. As he continued towards his room, his sister stuck her head into the hallway and asked, "Have you eaten? There are still some spaghetti leftovers in the kitchen. Do you want me to warm them up for you?"

"He's old enough to take care of himself. Why are you

underneath. Concerned that the cougher might be waiting outside to continue bothering him, the victim decided to stay on the computer a little longer before leaving the lab.

As he was passing through the lobby, the victim observed the security guard, relaxed with arms folded, chatting with a homeless person. The individual had lost his front teeth and when he laughed, the effect was that of a poorly adjusted drinking fountain splashing water on the security guard's face. The security guard excused himself, turned around and pulled out a handkerchief to wipe his face, then went over to use a hand sanitizer hanging on the wall. Observing this, the victim decided to do the same.

When he came out from the community centre, the sun was long gone and a barking dog had scared the moon into hiding behind the clouds, but the dim light from the street lamps lit his route. Japanese snowbell trees lined one side a computer while undergoing drug rehabilitation. He was staying with his sister and her husband, but the latter wouldn't allow him to use his laptop. Enrolling in a class given at the computer lab, he practised writing resumes and job application letters and tried to find a job on the internet. The lab had become his home away from home. There were rules, policies and authority at every organization, he well knew, and the security guard, wearing black trousers and a yellow vest on top of a white shirt, with almost the aura of the Greek God Apollo, was just such an authority. Not wanting to argue, he picked up his knapsack and moved to the bright sunlit side he had earlier avoided.

Sometime later, the cougher, as he was leaving the lab, went out of his way to walk behind the victim and deliberately make coughing sounds. The victim bent his head lower and wished that his knapsack was a turtle shell so he could duck

"That's enough," the security guard raised his hand. Sensing that the cougher might still be upset, he tried to prevent further conflict by saying, "A few drops of saliva won't kill you and there are many computers in the lab; why don't you move to another one."

Sunlight poured through the clerestory windows and flooded the room, splashing over the terminals on the left side of the computer lab. The last rays of the day seemed to be swallowing the computers. A netizen using his hand as a sun shade looked like he was floating in mid-air while staring into a void.

"Don't make any more trouble, you two", warned the security guard. "Otherwise, you'll both have to leave."

The victim had decided to become proficient at using

"Even my old man doesn't admonish me, and you dare lecture me?" The cougher suddenly stood up in a threatening manner.

The cougher looked like a very fit, burly kung-fu master with arms as big as most men's legs and the earth-shattering coughing was somewhat of a surprise to the victim. He wondered if the cougher was perhaps not as strong as he looked, might just be a paper tiger. Nevertheless, the victim had just recovered from drug addiction and was not in shape to challenge anyone, so he lowered his head and stopped making further comments.

"What's the matter? What's the matter?" The community centre's security guard had heard the commotion and came over to investigate. The victim related what had happened and then brazenly demonstrated by dry coughing directly into the security guard's face.

he had no handkerchief or even tissues with which to wipe his face. He grumpily raised his dirty, wrinkled sleeve to wipe off the spit and sullenly said, "Buddy, please cover your mouth when you cough."

The cougher couldn't have cared less. "I'm a long way from you, and by the way, mind your own business."

Not dropping the matter, the victim responded in an admonishing tone, "Your saliva came at me like a jet plane and landed on my face as if it were an international airport."

"Crazy....you're just a trouble maker", said the cougher.

"I'm just trying to remind you to have respect for others", said the victim.

The Cough

The sudden burst of sounds, short but persistent, was earth shattering. It was as if underground lava was flowing through the mucus membranes of the trachea. The windpipe quickly contracted and the magma was pushed upwards and outwards with the crater opening immediately, letting hot air rush out and drift away.

The few remaining people in the community centre's computer lab were busy social networking, seemingly mesmerized, when the sound and trembling ground, like an alarm clock, served to waken them.

He sat opposite the person and bore the brunt of the cough. His horseface suddenly became like a window being pelted by rain. The only thing he had with him was his almost empty knapsack which, with its shoulder straps held together by blue duct tape, sat at his feet like a crouching dog. Unfortunately,

香港藝術發展局
Hong Kong Arts Development Council 資助
香港藝術發展局全力支持藝術表達自由，
本計劃內容並不反映本局意見

本創文學 62
可以燎原

作　　者：惟　得
策劃編輯：黎漢傑
責任編輯：王芷茵
封面設計：Zoe Hong
封面攝影及英文編輯：Robert Farringer
文 排 版：Jenny
法律顧問：陳煦堂 律師

出　　版：初文出版社有限公司
電郵：manuscriptpublish@gmail.com

印　　刷：陽光印刷製本廠

發　　行：香港聯合書刊物流有限公司
香港新界荃灣德士古道 220-248 號荃灣工業中心 16 樓
電話：(852) 2150-2100 ｜傳真 (852) 2407-3062

臺灣總經銷：貿騰發賣股份有限公司
電話：(886)-2-82275988 ｜ 傳真：886-2-82275989
網址：www.namode.com

新加坡總經銷：新文潮出版社私人有限公司
地址：71 Geylang Lorong 23, WPS618 (Level 6), Singapore 388386
電話：(+65) 8896 1946
電郵：contact@trendlitstore.com

版　　次：2022 年 6 月初版
國際書號：978-988-76253-5-3
定　　價：港幣 108 元 新臺幣 330 元

Published and printed in Hong Kong

香港印刷及出版